# 撷韵白云食

耕夫 著

四川人民出版社

图书在版编目（CIP）数据

撷韵白云间 / 耕夫著. — 成都：四川人民出版社，2023.8
ISBN 978-7-220-13451-7

Ⅰ.①撷… Ⅱ.①耕… Ⅲ.①诗集-中国-当代 Ⅳ.①I227

中国国家版本馆CIP数据核字（2023）第160243号

XIE YUN BAIYUN JIAN
**撷韵白云间**
耕夫 著

| 出 品 人 | 黄立新 |
| --- | --- |
| 责任编辑 | 王定宇 |
| 封面设计 | 蓓蕾文化 |
| 版式设计 | 蓓蕾文化 |
| 责任校对 | 李隽薇 |
| 责任印制 | 祝 健 |
| 出版发行 | 四川人民出版社（成都三色路238号） |
| 网　　址 | http://www.scpph.com |
| E-mail | scrmcbs@sina.com |
| 新浪微博 | @四川人民出版社 |
| 微信公众号 | 四川人民出版社 |
| 发行部业务电话 | （028）86361653　86361656 |
| 防盗版举报电话 | （028）86361661 |
| 照　　排 | 成都蓓蕾文化传播有限公司 |
| 印　　刷 | 成都东江印务有限公司 |
| 成品尺寸 | 185mm×260mm |
| 印　　张 | 27 |
| 字　　数 | 200千字 |
| 版　　次 | 2023年8月第1版 |
| 印　　次 | 2023年8月第1次印刷 |
| 书　　号 | ISBN 978-7-220-13451-7 |
| 定　　价 | 116.00元 |

■版权所有·侵权必究

本书若出现印装质量问题，请与我社发行部联系调换
电话：（028）86361656

風散墨花集

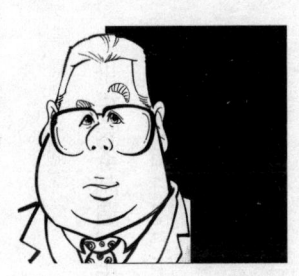

耕夫，本名周厚勇，重庆市璧山区人。重庆市劳动模范、重庆市最美退役军人，中国作家协会会员、中国散文学会副会长、中华诗词学会理事、重庆市诗词学会副会长、重庆市璧山区诗词楹联学会会长。著有《耕夫行吟》《耕夫诗词手抄》《踏莎行·散文卷》《踏莎行·诗词卷》等，诗、文被国内外多种选本选载。

卅年装备制造，年龄六十郎当。少年即怀缪斯梦，酸甜未改衷肠。文学明知白搞，任凭人笑癫狂。功名利禄身后事，何如笔底留芳。

## 鹧鸪天·六十初度二题

### 一

六十光阴瞬息过，青春旧梦尚婆娑。田头未执传笺手，池畔期观并蒂荷。

心已启，意无讹，云山在望忆蹉跎。从兹一去惊鸿远，人世沧桑感逝波。

### 二

六十年来风雨频，醒来犹忆梦痕新。荷塘月色溶溶夜，村舍炊烟淡淡痕。

花烂漫，柳披纷，风流人散倚萱椿。杜鹃声里青山暮，璀璨为霞尚足珍。

心平何勞持戒
行直毋須參禪

# 咀华耕夫其人其诗（序言）

文/张德福

诗词，可以抒发性灵，尽管它没有音乐的有声旋律，也没有图画的有形色彩，但是它能让读者从跳跃的文字中体会到艺术的存在。它独特的创造性和感染力不禁令人动容。

耕夫将近些年来创作的诗词结集于《撷韵白云间》，在即将付梓之际，征序于我。鉴于近二十年来在文字交往中于心莫逆之谊，免了礼辞，更企先睹为快。校样传来，从头至尾，或重读已读过的，或新读未曾读过的，接连几日，使得我沉浸浓郁，含英咀华。如同面晤作者其人，近之即温，远之亦暖。

作者主业装备制造，写诗填词皆为拨冗，其身份实乃两栖。而所作诗词之格律体、自由体，旧新两兼；诗、词，笔趣两美。以实业而作诗词，出色当行；以诗词而抒性情，又是本色当行了。人生况味，充溢于字里行间，家国情怀，萦绕在乡关云际。

作者年少时，其舅父以典籍课之，好似蓝田种玉，遂萌翠芽；稍长，搜读诗文，更启慧心。军旅生涯淬炼的阳刚，公务烦琐养成的缜密，工场操作练就的精细，商界打拼升华的至诚，兼之神交前贤，躬访时俊，广结善缘，事业有成，文笔且健，正如《礼记·大学》中"富润屋，德润身，心广体胖"之言。虽身处红尘俗务，却心追唐宋雅风，平平仄仄的浮声切响，即使偶有失律，或也应了曹雪芹借林黛玉之口所说："若是果有了奇句，连平仄虚实不对都使得的。"

写诗填词，不是为了告诉读者什么，而是要让读者感受到了什么。清人叶燮曾说："诗是心声，不可违心而出，亦不能违心而出。功名之士，决不能为泉石淡泊之音。轻浮之子，必不能为敦庞大雅之响。故陶潜多素心之语，李白有遗世之句，杜甫兴广厦万间之愿，苏轼师四海弟昆之言。凡如此类，皆应声而出，其心如日月，其诗如日月之光，随其光之所至，即日月见焉。故每诗以人见，人又以诗见。"今天我们读诗就是读人，阅读那些长篇短什，感受作者的修为和情怀。在耕夫的这本集子里，是毋庸置疑地可以达到这样的效果的。

诗言志，偏向于严肃；诗缘情，偏向于个性化和私人化，其实二者并不是对立的，而是统一和相互渗透的。广泛的题材，折射出周门的轩敞、周园的优雅和作者广博的学识。德馨融书香，嘉声遐迩，灵气纵横；璧水潺潺，黛山莽莽；山水寄意，风雨敲诗。书中言志、缘情，入目比比皆然。

篇首《怡心阁偶拾》："绿纱窗外蜂蝶忙，一笑书斋翰墨香。中年始觉时日贵，怡心阁里读华章。"这正是作者几十年的业余生活，不，是生活的另一种形态的写照。企业家，尤其是成功的企业家，能沉浸在书斋里读书、写作，是不多见的。能如此，缘于有企业家头衔的作者本身就是书生，就是文雅之士。

"塞北关南春意暖，桃花次第尽开颜。"（《乙未初夏过剑门关》）此类句子，景色、文笔一派清丽。

《蜀道明月峡》这首五律，显示出作者驾驭文字的功力。五律，不因字数少而易就，实则反之。颔颈二联"危峰高碍日，云栈势连空。岩树千重碧，山花几处红"，音步节奏错落，构图奇伟而可感，鲜明而能触。而七律《漫步广元江边栈道偶拾》与上例异曲同工。

以前贤为叙写对象的篇什，如《题东坡书法》《拜谒草堂》《韩信》《眉山拜苏子》《李易安故居》等作，正是作者神交古人的心得记录。

诸如记游的《游凤凰古城》《题宜宾蜀南竹海》《乙未立秋日云南抚仙湖感赋》《丙申旅南粤》《忆游江津四面山》《旅经奉节偶拾》《过秦淮河》等作，寄情于景，情由景生，景因情美而相得益彰。

写家乡风物人情的《璧南夏景即拾》《题槐花》《璧南秋收即景》《屋后蛙鸣》《登金剑山》《璧山文庙》等作，将对家乡的深情，诉诸形象思维，给人以可触可感的亲近。

寄友人、与友人交游和互为酬唱之作，如《寄友》《七律·致陈仁德吟长》《杭州逢故人有赠》《西部第三届散文家论坛与四川、陕西、北京诸文友畅饮嘉陵江渔舟》《题寄胡正好》《寄玉兰诗友》等又是作者谈笑有鸿儒，往来亦同道的常态。

写亲人的《清明祭阿爸》《慈母七十华诞》《忆舅父》《怀念家婆》等写出了作者对亲人深挚的爱和怀念。

追忆军旅生涯的《赋得三连战友南宁宁明北山行》《题榴炮三连战友汕头聚会》等作，更是作者对军旅的不舍的记录。

写景咏物的，如《璧南河浮萍》《观赏永川黄瓜山梨树林》《大娄山杜鹃》《品茶》《题秋荷》《题云冈石窟》，这类诗词看似容易，实则难制，难在出新和出彩，对此作者也作出了成功的尝试。

自寿、自题诗，如《五十自题》《对镜自题》是对个人过往的小结，而都是放在事业和家国的背景下来写的，格调自然就高出了许多。

旅途奔劳的，如《早起远行》《为盾之王奔忙，渝州至京华登机偶拾》，这类篇什记录的是作者的劳顿，忙碌的身影是在为几百号人的企业做奉献，为国家的装备制造而付出劬劳。

悼亡的，如《悼族兄厚明》《蒋老安息》《悼凉山救火烈士》，是作者重情重义的表现。

题咏前辈诗词大家的，如《贤人咏叹调》，是作者在阅读当中吮吸着知识营养的体现。

文学评论界对传统诗词历来有"诗庄词媚"之说，从字面来看，大致指诗家苍劲古朴，作诗大多庄肃严整，而作词大多香艳清幽，婉约媚气。如果用发展的眼光来看，可以将"诗庄词媚"作为"互文见义"来理解，即诗和词都有庄严的风格，也有婉媚的特色，看似一而二，实则二而一。因为一个成熟的作家或诗家，他的创作风格不会是单一的。而耕夫所填之词，除了词牌选用的多样性以外，内容也是丰富多彩的。但凡身边所见，即生所感，所感之悟，即遣诸笔墨。至于作者所创作的新诗，也是诗味馥郁，经得住读者的咀嚼和品味。诗词，传统的格律体也罢，当今的自由体也罢，终归都是形式上的，而诗词在社会上的传播和受到读者的喜爱，还在作品是否有"诗味"。西方人论诗喜欢使用"美""美感""审美"等字眼，而中国人自古及今论诗、评诗大量使用的术语是"味"（名词用法和动词用法），"滋味""余味""意味""韵味""趣味""情味""风味""神味"以及"玩味""吟味""详味""诵味"等等，读者朋友如果要识得耕夫诗词中诸般滋味，建议仔细体会寻味吧。

词，也称长短句，此集中不乏精品。《鹧鸪天·秋朗洛杉矶》"悠悠亘古大洋水，故园青山云外斜"，作者走得再远，始终萦怀的还是故园山水。另一阕《鹧鸪天·黔江采风寄感》的末句"甩响吟鞭路八千"，我曾准备建议作者以此句作此集子的书名。词的选材与诗的选材几乎相同，或者是同一写作对象的两种形式的表达，"庄""媚"互见。

至于40多首新诗，反映出诗人的另一种功力。表情达意是需要借助外在形式的，那种情和意需要用什么形式来表，没有固定的要求，是看作者当时手边最为顺手的工具就是了。

书中章章，或整齐严谨，或自由灵动，或古体，或格律，或诗，或词，或五言，或七言，或杂言，诸体兼备，缤纷生姿，绚丽溢彩，均来自作者的切身感悟而通过字斟句酌、浅吟低唱，截取一角灵犀影，化作诗家万丈虹。

不论我列举多少，对于有近400页、1000余首、5个单元的诗词集来说，都是挂一漏万，唐代文学家司空图在《二十四诗品》中对诗的风格细分为：雄浑、冲淡、纤秾、沉着、高古、典雅、洗练、劲健、绮丽、自然、含蓄、豪放、精神、缜密、疏野、清奇、委曲、实境、悲慨、形容、超诣、飘逸、旷达、流动，这些似乎在这本诗词集里都能得到印证。这是作者多年来的生活历练和知识积淀，广采博搜，择善而从，厚积薄发，在前人的作品里吸取精华，营养自身。作者尤其喜欢读书，泛读之广，精读之深。除了读有字之书外，更读无字之书，读万卷书，行万里路。在读与思、思与写的过程中，又不拘泥成规，不局囿宿见，发挥着作者特有的诗外功夫。传统诗词，必须守正，守正才能使这国粹不走样，不跑偏；同时，更要创新，创新才能使这国粹充满不竭的活力，永远发扬光大。

作者结识的旧友新朋之多，有湘客楚才，有吴语越声，或来自燕山北，或来自珠江右，短歌长琴讴鱼鸿，揽杯煮酒论乾坤。西岭八千，巫峰十二，函关易水，淮浦平原，书生意气，壮士高歌，庙堂紫衣客，田舍白头翁，香茗常沏，美酒不空。

作者因公司业务，常常奔波于域内外，昔日的鞍马劳顿，升级为经纬交织的飞机航班。穿行于蓝天白云之中，在舱椅上别样的休憩或换脑筋，就是用纸笔写写画画，或在键盘上敲敲打打，搬文码字，撷韵审律，航程中遥襟俯畅，逸兴遄飞，舷窗外的日晕月华，机舱里或操觚以率尔，或含毫而邈然，目的地已到，诗稿草成。诗词集称名《撷韵白云间》，盖其然也。作者每年数番莅沪，皆邀约我于其下榻的宾馆促膝茶叙，握别后，他乘机奔赴下一站，我返回虹桥寓所，临窗读写，飞机声嗡嗡传来，抬眼循迹望去，耕夫许是又在吟咏之间，吐纳浊清之声，眉睫之前，卷舒云海之色。我回转身来，室内壶沏龙井茶水氤氲，香气馥郁，口诵耕夫佳句荟萃，妙味绵长，孰诗孰茶，浑然难分了。

我年近七旬，目力、笔力，已然不济，以上絮絮叨叨，或限于见识而有浅陋之讥，或碍于交契而生荐誉之嫌，读者如之奈何，好在有作者心路历程的文字作标识，只需一页一页地披诵，一步一步地观览，将能入得荆山采玉，遇上灵蛇吐珠。

谨作是序得以附骥焉。

2022年12月于塔右蜗庐

（张德福，当代诗词家。）

# 目录 CONTENTS

## 诗

- ◎ 题东坡书法……8
- ◎ 七律·贺大足诗词学会成立十五周年……10
- ◎ 拜谒草堂……10
- ◎ 东篱闲吟……11
- ◎ 五十二岁自寿……11
- ◎ 题宜宾蜀南竹海……12
- ◎ 乙未立秋日云南抚仙湖感赋……13
- ◎ 游凤凰古城……13

- ◎ 怡心阁偶拾……3
- ◎ 乙未初夏过剑门关……3
- ◎ 蜀道明月峡……4
- ◎ 漫步广元江边栈道偶拾……4
- ◎ 踏歌黔江……5
- ◎ 别黔江……6
- ◎ 京华四题……6

1

◎ 璧南夏景即拾……14
◎ 丙申旅南粤……15
◎ 丙申春游湿地公园……16
◎ 丙申初夏秀湖闲坐品茗……16
◎ 东篱月下独坐……16
◎ 题槐花……17
◎ 忆游江津四面山……17
◎ 丙申春雨……17

◎ 丙申秋兴……18
◎ 丙申夏田园访友……18
◎ 随感三题……19
◎ 东篱寄人……20
◎ 偶趣……20
◎ 读德福吟长《七律·酬答友人》敬致……21
◎ 寄友……21
◎ 偶拾·钓月……22
◎ 七律·邀丙申中秋雅聚即赋……22

◎七律·晨起偶拾……23
◎七律·致陈仁德吟长……23
◎狮子荷香苑1981级同学小聚偶拾……24
◎访香山寺……24
◎小南海二韵……25
◎黔江竹枝词……26
◎黔江问枫……26
◎濯水古镇……26
◎武陵松……27

◎黔江道中……27
◎黔江返程观群山……27
◎武陵远眺……28
◎戏题酉阳桃花源……28
◎与诸战友湘西凤凰拜访陈宝箴故居……28
◎璧山登云坪荷塘……29
◎丁酉春旅南粤逢54周岁生日有寄……29
◎韩信……29
◎东篱下梧桐秋韵……30
◎题东篱下棕树……30

◎ 清明祭阿爸……34
◎ 赋得三连战友南宁宁明北山行……34
◎ 踏歌西沱……35
◎ 偶拾旧作……36
◎ 潼南赏花……36
◎ 过秦淮河……37
◎ 璧南秋收即景……37
◎ 怡心阁夜吟……37
◎ 寄人秋雨……38

◎ 丁酉秋夜雨……30
◎ 丁酉中秋遇雨……31
◎ 丁酉国庆中秋双节偶遇故人戏作……31
◎ 杭州逢故人有赠……31
◎ 丁酉国庆获京华画家赠兰草一幅……32
◎ 丁酉夏夜诗语……32
◎ 东篱下……32
◎ 眉山拜苏子……33
◎ 旅经奉节偶拾……33

◎元龙吟长新著付梓有赋……38
◎观赏永川黄瓜山梨树林……38
◎咏物二题……39
◎大娄山杜鹃……39
◎璧南河浮萍……40
◎观白莲花……40
◎忆舅父……40
◎慈母七十华诞……41
◎春日乡村……41

◎耕夫行吟之古绝试笔（二十七首）……42
◎怀念家婆……45
◎惠东巽寮湾乘快艇赋之……45
◎李易安故居……46
◎龙年迎春……47
◎理发偶拾……46
◎甲申杂吟……46
◎旅途感兴……47
◎彭水阿依河泛舟偶拾（同韵）……48

5

◎ 踏春四月……52
◎ 题陈仁德道兄七十华诞……53
◎ 题大明湖垂柳……53
◎ 题东篱下蜡梅……54
◎ 访大明湖……54
◎ 题秋荷……54
◎ 题寄胡正好……55
◎ 题寄重庆诗词学会诸吟长……55
◎ 题栀子花……56
◎ 五十自题……56

◎ 西部第三届散文家论坛与四川、陕西、北京诸文友畅饮嘉陵江渔舟……49
◎ 绝句……50
◎ 彭水阿依河偶拾……50
◎ 和万龙阿生原韵……50
◎ 壬辰端午前夕应北碚劲松诗社之邀与诸诗友登北碚缙云狮子峰赋……51
◎ 品茶……52
◎ 师魂颂……52

- ◎自遣……61
- ◎自题……62
- ◎早起远行……63
- ◎老牛……63
- ◎城口秋吟……64
- ◎夜读……66
- ◎晨读……66
- ◎怡心阁夜读……66
- ◎怡心阁悟道……67
- ◎北固山……67

- ◎寻访巫山小三峡……56
- ◎万盛偶拾……57
- ◎怡心阁夜读……57
- ◎草赋七律一首敬献给金剑山全体诗友……58
- ◎写给阿妈七十寿诞……58
- ◎鱼塘即景……58
- ◎谒苏轼墓……59
- ◎怡心阁书写寄怀……59
- ◎祝寿诗……60

- ◎ 水土两江科技园……73
- ◎ 寄玉兰诗友……73
- ◎ 丁酉冬渝州访梅园即赋……73
- ◎ 怡心阁抒怀……74
- ◎ 行吟三韵……75
- ◎ 丁酉冬旅南粤遥寄老牛诗文……76
- ◎ 挽族兄周厚明……76

- ◎ 旅途寄友……68
- ◎ 题云冈石窟……68
- ◎ 赠诗友……68
- ◎ 秋访白帝城……69
- ◎ 北碚水土工业园登高远眺……70
- ◎ 狮子峰……70
- ◎ 丁酉秋寄怀……71
- ◎ 缙云松……71
- ◎ 丁酉秋喜逢谭惺、杨矿偕书画家一行渝州邀饮有寄……72

◎东篱兰草……83
◎喜得文友邮赠郑板桥书法（拓片）观赏有赋……84
◎遥寄旅居沪上德福先生……84
◎竹丰湖眺望……85
◎戊戌重庆酷暑自题……85
◎谢树祥老师九旬华诞……86
◎咏鞋……87
◎咏秋……87
◎璧南三合访友不遇……88
◎秋眺……88

◎悼族兄厚明……76
◎璧山逢旧友有寄……77
◎踏歌璧山……78
◎戊戌开岁抒怀……80
◎梁平竹韵……81
◎乡村二咏……82
◎璧南河新景……82
◎渝黔道上……83
◎屋后蛙鸣……83

9

◎ 题东篱下菊……89
◎ 旅阳江战友邀观海岸明月有寄……89
◎ 七绝·故居问塘柳……89
◎ 游学《诗可以群》寄成图、德福二吟长……90
◎ 东篱下秋菊……90
◎ 蒋老安息……90
◎ 戊戌忆流年……91
◎ 怡心阁冬夜整理旧稿有感……91
◎ 旅途遇雪有寄……92

◎ 敲诗……92
◎ 寄开州诗词学会众吟长……92
◎ 忆习字……93
◎ 开州汉丰湖即赋……93
◎ 应邀赴开州诗词学会有寄……93
◎ 山城别诗友……94
◎ 夜耕……94
◎ 夜耕怡心阁……94
◎ 凤凰农中同学聚会有感……95
◎ 寄群里诗友……95

- ◎望江亭别战友……101
- ◎走进璧山区医院兼致作家朋友……101
- ◎怡心阁书事……102
- ◎重游璧北青龙湖……102
- ◎过昆明……102
- ◎为盾之王奔忙,渝州至京华登机偶拾……103
- ◎六一儿童节,老年朋友扮萌凑热闹过节,诗翁成图有绝句叹之……103
- ◎连日梅雨,今晨漫步东篱下,一丛月季正放。有记……103
- ◎砚边三题……104
- ◎荷事三题……105

- ◎耕夫行吟……96
- ◎璧南郊行即景……98
- ◎春夜听雨……98
- ◎过金陵偶拾……99
- ◎悼凉山救火烈士……99
- ◎闻庆伟吟长退休遥寄……99
- ◎璧南访战友……100
- ◎旅京华,拜纪晓岚故居有赋……100
- ◎夜饮南岸……100

11

◎ 璧南乡村小景……106
◎ 璧南摘梨即兴……106
◎ 答友……106
◎ 读仁德贤兄《水调歌头》有寄……107
◎ 己亥『七七』前夕，重读陈仁德君《大刀行》，过渝州南山拜空军坟有赋……108
◎ 京华返渝，作协诸友访兴中，席中畅谈新、旧诗话题，归作此律……110
◎ 车过渝州朝天门大桥……111
◎ 己亥仲夏，《一卉流馨》纪念集出版，蒋世鸿兄陪众诗友10人赴璧北王家庵（维世先师墓地）祭扫，心香一炷。时光荏苒，先生跨鹤近一年矣！伫立墓前，远眺缙云山翠绿葱郁，近观盐井河水库澄澈静谧，先生魂归于此，福人福地。清风明月相伴，吟诗填词正宜……归作此律……111
◎ 对镜自题……112
◎ 过岳阳重登斯楼寄战友……112
◎ 过黄河壶口即景……112
◎ 过杭州登钱塘江六和塔有赋并寄施远哈长……113

- ◎ 别焦山……117
- ◎ 题榴炮三连战友汕头聚会……117
- ◎ 汕头别战友……117
- ◎ 老友壁南聚谈即景……118
- ◎ 感恩节……119
- ◎ 排律·青龙湖……120
- ◎ 新年元日晨读王昌龄……120
- ◎ 寄武汉友人……121
- ◎ 旅途归渝友人送兰草数盆偶拾……121
- ◎ 避瘟疫怡心阁夜读偶得……121

- ◎ 江津四面山竹林即景兼怀白屋诗人……113
- ◎ 己亥私拜访江津鹤山坪陈独秀旧居……114
- ◎ 访江津聚奎中学……114
- ◎ 国庆赴故友相约归来有寄……115
- ◎ 秋访大足石刻圆觉洞……115
- ◎ 题东篱下秋菊……115
- ◎ 旅途偶拾……116
- ◎ 乘高铁去昆明偶得……116

13

- ◎ 夜课偶得……126
- ◎ 茅莱山……126
- ◎ 偶拾……127
- ◎ 遥寄戍边参战战友……127
- ◎ 璧山乡村新居……127
- ◎ 访璧南云雾山茶园……128
- ◎ 登金剑山……129
- ◎ 庚子东篱下瞭望台放歌……130
- ◎ 访江津作家协会即赋……131
- ◎ 璧山初夏即景……131

- ◎ 抗疫二题……122
- ◎ 璧南铜瓦村池塘即景……122
- ◎ 璧南访春……123
- ◎ 乡村小住即事……123
- ◎ 东篱花咏……124
- ◎ 晨过璧南立山寺……125
- ◎ 东篱咏菊……125
- ◎ 题金佛山古树……125
- ◎ 客旅异乡中秋望月寄怀……126

- ◎璧南乡村立夏晨韵……131
- ◎临池有赋……132
- ◎除夕偶拾……132
- ◎贺璧南诗词分会成立一周年……133
- ◎璧南立山寺旁听琴……133
- ◎庚子夏，凤凰农中同学邀聚缙云山九凤瑶池……134
- ◎昆明乘飞机返渝得句（古风）……134
- ◎梅江远眺……135
- ◎夏访璧山云雾山……135

- ◎璧山文庙……135
- ◎旅沈阳感怀……136
- ◎感怀……136
- ◎旅沪喜逢张德福吟长……137
- ◎晨起偶拾……137
- ◎璧南访战友……138
- ◎京华赴上海高铁即景……138
- ◎夏访璧南李子园……138
- ◎南川金佛山即景……139
- ◎题武隆芙蓉江……139

- ◎ 入伍四十年湘中战友邀聚有赠……144
- ◎ 岳阳楼即景……144
- ◎ 许大立君再次邀饮七星岗临轩即兴口占……145
- ◎ 访汨罗会诗友……146
- ◎ 辛丑迎春温泉汤池沐浴偶拾……146
- ◎ 杂感……147
- ◎ 致诗家平川侠客……147
- ◎ 璧南乡村除夕即景……148
- ◎ 寄友……148

- ◎ 山东行吟……139
- ◎ 拜谒李清照纪念馆……140
- ◎ 丰都南天湖作协文友……140
- ◎ 与郑兴海同学游丰都南天湖即景……141
- ◎ 读张德福先生十绝有寄……141
- ◎ 庚子秋感怀……142
- ◎ 庚子京华瑞雪登居庸关……142
- ◎ 踏歌敦煌……143
- ◎ 庚子中秋渝州无月夜读……144

◎ 辛丑元宵匆匆由湘返渝寄故人……154
◎ 璧南访春……154
◎ 偶拾……154
◎ 怡心阁寻诗……155
◎ 璧南夏夜……155
◎ 六十自题……155
◎ 建党百年祝辞……156
◎ 清明祭亲……157

◎ 春节返家陪母……149
◎ 东篱述怀……149
◎ 璧南问梅……150
◎ 迎新年……150
◎ 春眺……150
◎ 悼袁隆平先生……151
◎ 璧山秀湖漫步……151
◎ 璧南春恋……152
◎ 悼诗人张华……152

- ◎ 诗友小聚……161
- ◎ 丁中同学会别后有寄……161
- ◎ 丁中校园忆……162
- ◎ 丁中四十年同学聚会……162
- ◎ 致平川侠客诗翁……162
- ◎ 壁南雨霁眺缙云山……163
- ◎ 秋日旅途偶得……163
- ◎ 五一节东篱独坐……163
- ◎ 秋日偶拾……164

- ◎ 壁南登云坪农家夏饮……158
- ◎ 乡村初秋……158
- ◎ 辛丑端午听音乐会偶拾……158
- ◎ 过金陵……159
- ◎ 辛丑夏壁南雨后初晴……159
- ◎ 立秋后喜降霖雨……160
- ◎ 怡心阁偶得……160

◎ 中秋偶拾……164
◎ 穿越永川竹海……165
◎ 中秋后贵州李云贵、罗跃祥战友到访有寄……165
◎ 秋兴二题……166
◎ 敲诗小忆……167
◎ 诗酒缘……167
◎ 广阳坝即景……168
◎ 即景秋夜……168
◎ 抒怀……168

◎ 夏访战友未遇……169
◎ 客里吟秋……169
◎ 秋事……169
◎ 感赋……170
◎ 退役军人……170
◎ 偶拾……171
◎ 诗路回首吟……172
◎ 旅途遣怀……172
◎ 诗趣……173
◎ 秋夜……173

19

- ◎重阳偶拾……173
- ◎璧南拾春……174
- ◎自题……175
- ◎璧南健龙乡寻赏桃花有赋……175
- ◎张家界远眺……175
- ◎偶拾……176
- ◎春夜偶拾……176
- ◎壬寅清明拜南山空军烈士墓……176

- ◎自题……177
- ◎五一访万盛黑山谷……177
- ◎旅珠海横琴海边漫步……177
- ◎自题……178
- ◎夹江别表兄德曦……178
- ◎旅京华拜谒曹霑纪念馆……179
- ◎答友……180
- ◎题长顺『中华第一银杏』……180
- ◎壬寅中秋寄怀……181
- ◎由鲁至沪高铁上答诗友……181

- ◎ 别归……181
- ◎ 怀德战友返乡喜聚即赋……182
- ◎ 晨起，家乡雪花飘飘……182
- ◎ 壁南秋日即兴……182
- ◎ 夜饮常德……183
- ◎ 商旅拾句……183
- ◎ 渝州会友兼寄仁德吟长……184
- ◎ 常德拾句……184
- ◎ 壁山喜聚怀德战友一行有寄……185
- ◎ 东篱偶拾……186
- ◎ 商旅途中偶拾……187
- ◎ 东篱菊……188
- ◎ 再读《水浒》……188
- ◎ 常德拜会下照舫老团长……188
- ◎ 感赋……189
- ◎ 寄友竹枝词……189
- ◎ 恭贺刘成图吟长晋寿八秩……190
- ◎ 沪上相逢平川侠客吟长……190

# 词

◎ 水调歌头·蜀道剑门关……193
◎ 鹧鸪天·秋朗洛杉矶……193
◎ 鹧鸪天·黔江采风寄感……193
◎ 清平乐·东篱暮春寄人……194
◎ 桂殿秋·丙申清明忆舅父……194
◎ 临江仙·乙未立秋日题澄江抚仙湖……194
◎ 如梦令·走进黔江……195

◎ 浣溪沙·洛杉矶清晨试笔……195
◎ 行香子·丙申春赏花……195
◎ 念奴娇·忆抗日璧山空战……196
◎ 金缕曲·抗战七十周年胜利日拜谒重庆南山空军坟……196
◎ 江城子·夜访黔江……197
◎ 贺新郎·黔江山中记事……197
◎ 南乡子·初秋访黔江……198
◎ 临江仙·黔江大峡谷……198

- ◎ 巫山一段云·黔江大峡谷……198
- ◎ 行香子·黔江行……199
- ◎ 鹧鸪天……199
- ◎ 玉楼春·秀湖游……199
- ◎ 长相思·寄友二题……200
- ◎ 西江月·丙申初秋感赋……200
- ◎ 渔父词……201
- ◎ 眼儿媚·丙申秋思……201
- ◎ 喝火令·肖远新先生八旬寿诞……202
- ◎ 唐多令·咏蜜蜂兼寄从教一生的唐贵忠同学……202
- ◎ 蝶恋花·范志民君二度邀我永川黄瓜山赏梨花，丁酉至，梨花又开，有赋……203
- ◎ 行香子·题红烧肉……203
- ◎ 浣溪沙·童趣……204
- ◎ 蝶恋花·探春壁南……204
- ◎ 踏莎行·夜饮壁南河畔秀湖偶遇有赋……204
- ◎ 水调歌头·观壁南登云坪残荷有赋……205
- ◎ 水调歌头·西沱试笔……205
- ◎ 江城子·题九江敦颐祖墓重光……206

- ◎江城子……206
- ◎诉衷情·自题……207
- ◎鹧鸪天·闻吟长德福先生旅沪返乡兼题芙蓉……207
- ◎南歌子·赠战友……207
- ◎浣溪沙·丁酉初夏即景……208
- ◎长相思·峡江即景……208
- ◎踏莎行·西沱新变……208
- ◎小重山·丁酉秋乡村游观松林有赋……209
- ◎长相思·丁酉春时隔16年重庆大学贸法学院同学小聚……209
- ◎玉楼春·丁酉春赏潼南油菜花有赋……209
- ◎行香子·童年趣事三题……210
- ◎鹧鸪天·怡心阁学诗偶拾……211
- ◎归自谣·差旅返盆栽栀子花吐艳有赋……211
- ◎临江仙·拜谒济南秦琼祠……211
- ◎水调歌头·抒怀丁酉秋……212
- ◎满庭芳·丁中同学会……212
- ◎行香子·梁平风情……213
- ◎行香子·丁酉春别友……213

- ◎一剪梅·万盛行……214
- ◎蝶恋花·咏黑山谷灯台花……214
- ◎鹧鸪天·写给金剑山25周年纪念雅集……214
- ◎西江月·龙年新春东篱下试笔……215
- ◎鹧鸪天·寄诗友……215
- ◎卜算子·东篱梅写实……215
- ◎卜算子·自家漫画……216
- ◎生查子·芝兰之室主张德福先生素描……216

- ◎柳梢青·水土新貌……216
- ◎江城子·合川诗词盛会……217
- ◎喝火令·忆昔……217
- ◎唐多令·重游惠州西湖有赋……218
- ◎鹊桥仙·梦系蓉城……218
- ◎渔家傲·蓉城听琴……219
- ◎临江仙·德福先生旅沪归来有聚……219
- ◎浣溪沙·别后三十六年国平战友访渝州有赋……219
- ◎水调歌头·丁酉端午感怀……220
- ◎行香子·璧南登云坪访荷……220

- ◎ 行香子·筑巢燕子……221
- ◎ 江城子·寄人……221
- ◎ 卜算子·旅京华有寄……222
- ◎ 南乡子·戊戌夏连日高温，梦忆童年生活醒后记之……222
- ◎ 西江月·题壁山作协换届年会……223
- ◎ 鹧鸪天·悼恩师蒋维世先生……223
- ◎ 长相思·壁南秋景素描……223
- ◎ 长相思·旅途感怀……224
- ◎ 鹧鸪天二题……224
- ◎ 西江月·旅途与孙子孙女兄妹视频感赋……225
- ◎ 鹧鸪天·读宋诗『寸金难买寸光阴』有赋……225
- ◎ 人月圆·戊戌中秋……225
- ◎ 临江仙·花事十一题……226
- ◎ 西江月·近照自题（双阕）……228
- ◎ 沁园春·秋赋……229
- ◎ 水调歌头……229
- ◎ 卜算子·飞杭州……230
- ◎ 蝶恋花·致诗友询……230

◎唐多令·缙云听蝉……230
◎西江月·重庆乘高铁至昆明……231
◎卜算子·大年寄诗友……231
◎浪淘沙·过上海感怀……231
◎风入松·凤凰农中同学四十年别后首聚有感……232
◎满庭芳·写在凤凰农中同学会……232
◎喝火令·己亥凤凰农中同学会有赋……232
◎采桑子·己亥岁春阳灿灿,登东篱下眺缙云山一片生机,鬓角添白发,读史有赋……233
◎浣溪沙·璧南乡村即景……233
◎行香子·璧南三合踏春赏梨花归程有赋……233
◎水调歌头·诗友一别十年,忽梦中相聚,醒后有寄……234
◎定风波·参加金剑山诗书画社活动经年,写在诗社成立三十周年之际……234
◎桂殿秋·丙申清明忆舅父……235
◎行香子·遣怀兼寄友……235
◎蝶恋花·夏趣即景……235
◎南乡子·己亥初秋偶拾……236

27

- ◎ 定风波·璧南秋夕即景……236
- ◎ 渔歌子·璧南梅江闻笛……236
- 采桑子·辛亥重阳旅粤返渝途中有寄……237
- ◎ 行香子……237
- 采桑子·璧南农村访友品茶小酌返程即景……237
- ◎ 鹧鸪天·采风四面山……238
- 卜算子·腊月与盾之王诸君品茗……238
- ◎ 行香子·隔离宅居防病毒……238
- 一剪梅·五十七岁初度自题……239
- ◎ 鹧鸪天·庚子春晨读画赏书法有记……239

- ◎ 行香子·秋访大足……239
- ◎ 鹧鸪天·遥寄诗友……240
- 水调歌头·庚子新春试笔……240
- 浣溪沙·新年寄诗友……240
- 江城子·寄金剑山诗友……241
- 唐多令·庚子送春……241
- 临江仙·正月元宵宅家涂鸦偶拾……241
- 满江红·夜读辛弃疾……242

- ◎ 江城子·璧南东篱观梅有赋……242
- ◎ 浣溪沙·题从军旧照……242
- ◎ 一剪梅·庚子新春有寄……243
- ◎ 鹧鸪天·大娄山溪水……243
- ◎ 落梅风·怡心阁夜读……243
- ◎ 江城子·莲花坝即景……244
- ◎ 行香子·东篱下紫薇绽放即赋……244
- ◎ 高阳台·辛丑除夕……245
- ◎ 临江仙·武隆远眺掠影……245
- ◎ 喝火令·庚子国庆怡心阁晨读偶得……245
- ◎ 喝火令·庚子中国尘社重庆行获赠《大雅》诗卷……246
- ◎ 清平乐·渝州赏梅兰……246
- ◎ 定风波·自题……246
- ◎ 浣溪沙·东篱下蜡梅绽放偶拾……247
- ◎ 眼儿媚·璧南东篱小景……247
- ◎ 西江月·旅途偶拾……247
- ◎ 鹧鸪天·庚子夏梅雨有寄……248
- ◎ 定风波·东篱下偶拾……248

29

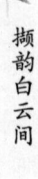

◎满江红·建党百年之庆……248
◎卜算子·枇杷树下……249
◎清平乐·自题……249
◎鹊踏枝·旅途感赋……249
◎西江月·重庆南川逢诗友……250
◎鹧鸪天·贵州仁怀别诗友……250
◎金刀错·璧南登云坪赏荷……250
◎沁园春·辛丑夏访金陵……251
◎鹧鸪天·立秋日偶拾有寄……251
◎水调歌头·旅京华遥寄平川侠客诗翁，祝福返沪吉祥平安归后有寄……253
◎鹧鸪天·夜读《古文观止》偶拾……252
◎水调歌头·参加中华诗词学会汨罗诗会过岳阳，登斯楼，归后有寄……253
◎满江红·璧南端午早市……253
◎八声甘州·写意除夕夜……254

- ◎鹧鸪天·参加汨罗诗会瞻仰屈原祠……256
- ◎浣溪沙·感赋二题……257
- ◎鹧鸪天·题东篱梅花……257
- ◎摊破浣溪沙·遥寄域外诗友……258
- ◎踏莎行·观云，济南至长沙机上偶拾……258
- ◎西江月·重庆市作家协会副主席钟代华先生偕永川作家一行造访璧山……258
- ◎小阑干·璧南乡趣……259

- ◎高阳台·春节寄友……254
- ◎鹧鸪天·题东篱下菊……254
- ◎行香子·旅京华应邀参观军旅书画展……255
- ◎金缕曲·寄沪上平川侠客吟长……255
- ◎鹧鸪天·璧南踏青……255
- ◎思佳客·夹江"三父子"茶业赠"竹叶青"有寄……256
- ◎鹧鸪天·京华寄友……256

31

- ◎ 一剪梅·偶拾……259
- ◎ 浪淘沙·旅南粤夜读辛弃疾……259
- ◎ 沁园春·过长沙访岳麓书院……260
- ◎ 行香子·璧南春趣……260
- ◎ 清平乐·长沙夏暮即景……261
- ◎ 鹧鸪天·贺中国散文学会第四次全国代表大会召开……261
- ◎ 阮郎归·访贵州习水『中国丹霞谷』……261
- ◎ 鹧鸪天·璧南夏景……262
- ◎ 鹧鸪天·读平川侠客吟长《病榻寤寐吟》有寄……262
- ◎ 临江仙·壬寅中秋夜拾句寄台湾诗友……262
- ◎ 长相思……263
- ◎ 菩萨蛮·东篱翠竹……263
- ◎ 西江月·咏怀……263
- ◎ 渔歌子·农舍四题……264
- ◎ 渔歌子·春韵四弹……265

◎ 蝶恋花·东篱下咏怀……266
◎ 鹧鸪天·千岛湖江游……266
◎ 西江月·商旅途中偶拾……266
◎ 鹧鸪天·贺杨祖文老师七十大寿暨诗集出版……267
◎ 八声甘州·感怀平川侠客君为拙著撰序校勘有寄……267
◎ 渔歌子·璧南杂咏……268
◎ 浣溪沙·旅途偶拾……268

◎ 望海潮·秋访四面山……269
◎ 满江红·黔江小南海……269
◎ 沁园春·『七一』献词……270
◎ 调寄《西江月》·自嘲……270
◎ 卜算子·璧南河踏春……270
◎ 玉漏迟·丁酉除夕试笔……271
◎ 木兰花慢·晨读寄怀……271
◎ 西江月·璧南夏雨即景……271
◎ 西江月·庚子春偶拾……272
◎ 西江月·璧山春趣……272

## 新诗

- ◎ 今夜，清风识字……279
- ◎ 七夕咏叹……281
- ◎ 春花……282
- ◎ 端午节随想……283
- ◎ 乡情……287
- ◎ 乡村晨韵……288
- ◎ 耕夫行吟……289
- ◎ 榴炮三连的战友，你还好吗……292
- ◎ 夜读南唐后主……293

## 赋

- ◎ 东篱植兰记……275

- ◎十月，我听见九龙坡在歌唱……309
- ◎写给阿妈的七十寿诞……313
- ◎夜宿龚滩……315
- ◎中山古镇……316
- ◎想做一个书生……318
- ◎我们的诗和远方……320
- ◎新诗试笔……321
- ◎剑门断章……325
- ◎贤人咏叹调……328
- ◎中华，美丽的画卷……331

- ◎伴着你的诗行飞翔……295
- ◎采了一株玉兰……296
- ◎旅途寄人……298
- ◎您就是那弯月亮（外一首）……300
- ◎黔江月……302
- ◎秋天，唱给重庆的歌……303
- ◎神女峰下……306
- ◎写给陆放翁……307

## 诗友雅唱

- ◎ 燕归梁·寿耕夫兄………郑云天 355
- ◎ 一剪梅·贺耕夫先生五七初度………张德福 355
- ◎ 七绝·读东篱下主（耕夫）诗文………王端诚 355
- ◎ 鹧鸪天·步韵周公耕夫先生………吴晓斌 356

- ◎ 画卷………333
- ◎ 狂草书………335
- ◎ 重逢三连战友………337
- ◎ 您曾搀扶着我前行………339
- ◎ 打捞流逝的春天………341
- ◎ 新年，从一首诗中启程………342
- ◎ 诗韵的日子………344
- ◎ 行吟三题………345
- ◎ 书法三题（散文诗）………349
- ◎ 灯盏，在秋天摇曳（散文诗）………352

◎水调歌头·赠周兄厚勇……陈仁德 356
◎鹧鸪天·师……罗英才 357
◎一剪梅·贺耕夫生日……邹世鸿 357
◎一剪梅·和贺耕夫《五七初度》……老　牛 358
◎盾之王礼赞……李　唐 358
◎周园行七绝十韵并序……张德福 359
◎厚勇兄邀饮并赐大作敬同原韵志谢……陈仁德 362
◎参观重庆盾之王公司兼酬耕夫周厚勇兄……左泽亮 362

一春诗有债　万里客无家（后记）……363

撷韵白云间

# 「诗」

## [怡心阁①偶拾]

绿纱窗外蜂蝶忙,一笑书斋翰墨香。

中年始觉时日贵,怡心阁里读华章。

注:①怡心阁:书斋名。

## [乙未初夏过剑门关]

### 一

思绪千重走此关,落霞摇影满西山。

炊烟几缕幽深处,剑影刀光远尘埃。

### 二

衔山啮道锁咽喉,烽燧当年今已休。

万仞高墙多憾事,真龙终古未低头。

### 三

纵阡横陌扼雄关,势压云涛蜀道间。

塞北关南春意暖,桃花次第尽开颜。

## [蜀道明月峡]

相约探春色,清辉峡谷中。

危峰高碍日,云栈势连空。

岩树千重碧,山花几处红。

眼前樵路在,不必叹途穷。

## [漫步广元江边栈道偶拾]

水泛柔光嫩绿枝,江边翠色浪奔驰。

妆成碧玉千堆秀,点缀清流十里奇。

扑面长堤风阵阵,凝眸阔岸日迟迟。

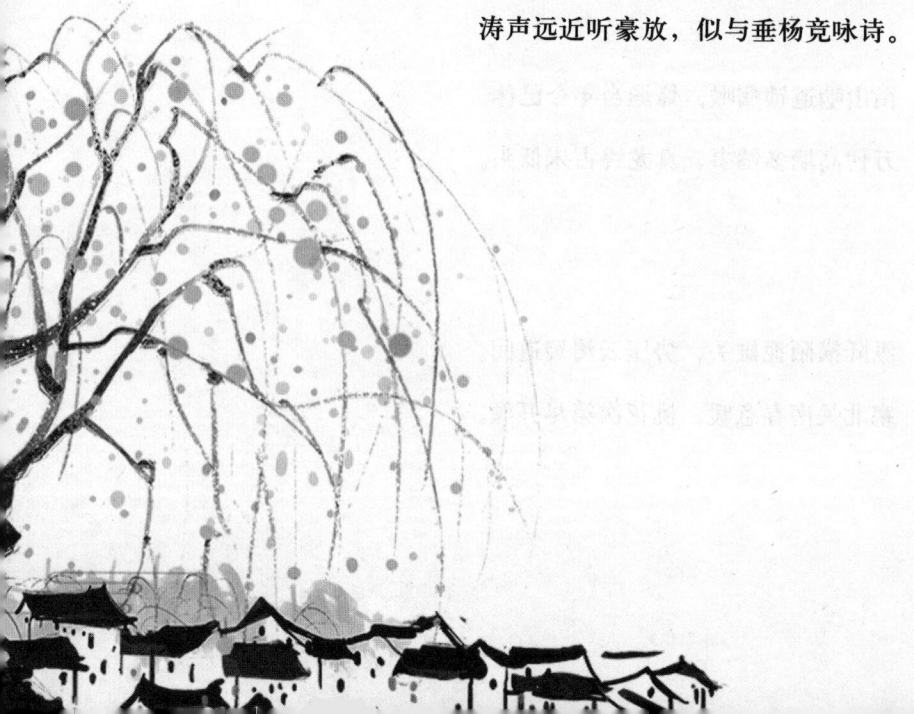

涛声远近听豪放,似与垂杨竞咏诗。

# [踏歌黔江]

## 黔江菊

轻霜淡淡染红霞，怒放东篱①独自华。

不共牡丹争富贵，暗香盈袖伴诗家。

注：①东篱，即自建花园"东篱下"，有野菊数丛。位于重庆市璧山区南。

## 天一阁农家炊烟

徐徐袅袅出烟囱，直上云霄九万重。

一到悠闲高位处，人间冷暖已忘空。

## 武陵仙山

名播渝州山外山，风华尽在云水间。

旭日东升群鸟乐，朔风乍起万松寒。

登临此意无人会，归去佳期有雁传。

阅尽沧桑香山寺，梵音渺渺说等闲。

## [别黔江]

尚忆黔江武陵行，独秀峰岭法云深。

阿蓬江上尘游梦，催得诗情逐浪生。

## [京华四题]

### 故乡人

京城偶遇君，招待备勤殷。

何日故乡聚，寒门酒一樽。

### 寄

一别遥遥数载多，眉间心上寄南柯。

横塘漫步扶风柳，艺苑倾心滴露荷。

枫菊秋山同赏画，莺泉雅韵昔听歌。

中年苍茫江湖立，难改心潮旧日波。

### 瞻雪芹书斋

芊顶泥墙仅庇庥,心宽宝陋亦无忧。

倾情解惑心为镜,着意明津笔作舟。

博学英才凌众志,多闻史话占鳌头。

书斋印迹迷离事,醒来红楼一梦收。


### 感　怀

清溪门外绕西亭,景色三千落画屏。

山放鹞鹰天外阔,雨来崖上眼中青。

春风有约情何限,小径无痕花自馨。

半百浮生多是梦,萍根无系总飘零。

## [题东坡书法]

世仰先生天下才，

诗词书画境宏开。

吟诵赤壁抒胸臆，

书法更上九重台。

涨墨连绵夥长卷，

大作早越中华界。

先贤虽有一笔书，

零星数字不足念。

千丈悬空天垂纸，

登峰落笔无羁限。

长椽泼墨顿成云，

涨枯浓淡瞬息变。

字同滚石响天雷，

地裂山崩走若电。

墨池日日起鲲鹏，

势幻无穷开生面。

人言笔力能扛鼎，

奇异雄浑看不厌。

诗文手稿浑脱俗，

频勾漫改从其欲。
张驰点线皆传情,
远观近审皆磅礴。
忽似狂雪扫悬崖,
忽如奔水下深谷。
跌宕纵横天地间,
酣畅淋漓襟开豁。
一气呵行十万里,
狂飙落处天人合。
书惊天地泣鬼神,
右军以降复何人。
耕夫有缘观神笔,
会心不禁出歌吟。
高艺煌煌识者慕,
人仰宗师心虔倾。
弟子于今遍九域,
门墙何虑不传薪。
炎黄文化长不朽,
万代龙人颂苏卿。

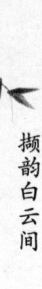

## 七律·贺大足诗词学会成立十五周年

趁春借韵不宜迟,如此风光应有诗。

落笔锦笺情亦重,横窗月影梦犹痴。

棠城已改新时绿,宝鼎尤胜昔日姿。

赐雨天公酬雅句,丝丝点点润清词。

## 拜谒草堂

浣花溪畔仰宗师,鬓发披霜立雪迟。

茅宅更弦沿古式,黄鹂隔叶唱新枝。

黄州未解苏公韵,蜀水犹怀杜圣诗。

昔日文豪长已矣,柳丝依旧掩堂祠。

## 【东篱闲吟】

壬辰夏，东篱下三角梅落红缤纷，景色怡人。赋之。

花径何须缘客扫，满园景色为自开。
惊鸟林中翩然起，带走诗情入云端。

## 【五十二岁自寿】

白驹过影旧相看，况味红尘佐酒餐。
独有童谣舒客寂，空余剑气对边寒。
几多月缺诗堪咏，半百春更梦未残。
岂任浮华遮胜概，壮年秋色满云端。

## [题宜宾蜀南竹海]

### 一

　　碧海氤氲紫气微，幽篁筛影鸟依依。

　　深山有路游人少，绿玉无花蜂蝶稀。

　　苏子迁来三楚雅，湘妃望断九嶷飞。

　　风摇翠涌琴弦弄，天籁浑然逆旅归。

### 二

　　万顷修篁连岭载，气蒸翠海到蓬莱。

　　龙根盘地江山稳，凤尾拂天云雾开。

　　持节常怀唯正道，虚心犹恐惹尘埃。

　　七贤旧迹无寻处，空对林泉进此杯。

### 三

　　根根竿直瘦身长，可长高材老越刚。

　　听任常年淋雨露，冲天气势自轩昂。

## [乙未立秋日云南抚仙湖感赋]

卅载江湖何处家,罡风拥我夕阳斜。

长亭笛远酬知己,抚仙潮排起浪花。

故地神游明月在,苍天意会白云奢。

壮游任意题诗句,醉倒滇中万丈霞。

## [游凤凰古城]

吊脚楼头眺,湘西落凤凰。

迷蒙山水绿,旖旎芷兰香。

边地民风朴,苗乡特产良。

虹桥接南北,屈子昔徜徉。

## [璧南夏景即拾]

### 一

绿意盈盈满目生,乡村夏日气清明。

田畴一碧禾苗壮,唯有青蛙独自鸣。

### 二

几树红榴淡淡风,云岚隐隐半山中。

闲花三二随流水,独钓斜阳学诗翁。

# [丙申旅南粤]

## 一

不羡浮名只羡仙，晓光萍影叹流年。

浓情酿爱有青眼，淡欲清心无恨天。

莫计前嫌瞻锦绣，全将往事束白笺。

明朝闲卧春山路，衣挂牛角种新田。

## 二

奋桨商海苦自寻，茗杯酒盏也独斟。

春花秋月聆解语，宋词唐诗且夜吟。

依稀燕去嘤声没，恰巧萍逢意气深。

莫见流霞说日暮，素笺蘸血画同心。

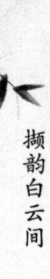

## [丙申春游湿地公园]

状元桥头日迟迟，穿石天光月映池。

燕子何知故人去，飞来还立旧时枝。

## [丙申初夏秀湖闲坐品茗]

庭院微风戏海棠，小窗闲坐玉壶香。

斜阳影里空人迹，时有流莺过短墙。

## [东篱月下独坐]

清秋池上月，波动影徘徊。

独坐微风里，蛙声入耳来。

## [题槐花]

漫步东篱曲径长,熏风拂面柳丝扬。
谁言四月芳菲尽,一树槐花一树香。

## [忆游江津四面山]

溪清鱼近底,树静鸟声真。
坐爱山多趣,陶然已忘尘。

## [丙申春雨]

霏霏细雨润桃花,漠漠轻烟染绿茶。
最是南河春好处,数声旧燕唱农家。

## [丙申秋兴]

丙申岁，渝州暴热数周，前日甘霖降，爽风至，东篱下紫薇花艳，秀湖游人怡然……

紫薇花发东篱下，秀湖泉喷烟水茫。

白发悲秋搔更短，黄花侑酒兴偏长。

思潮起伏江潮涌，别梦依稀客梦狂。

雁字横空天气爽；新裁警句入诗囊。

## [丙申夏田园访友]

晨鸡临古道，落日至田家。

风过惊群鸟，雨驰飞落花。

山青野水阔，幽径石桥斜。

来客柴门静，友人棚守瓜。

## [随感三题]

### 一

曾经欲带吴钩志，世道奈何多棘荆。

天予两条耕读路，走来岁月也峥嵘。

### 二

敲韵耽吟求句工，仄平声里悟穷通。

人生应是诗词赋，起得平些结得雄。

### 三

不废砚田稼作勤，耕诗何虑布衣身。

红笺写醉天边月，雅韵吟痴杜圣魂。

梅影横窗欣绝谷，唐风惠我可资贫。

几多天下诗家命，"不是穷人也瘦人"。

## [东篱寄人]

别笑三更独梦痴,今晨拾得半行诗。

东篱昨夜遭风雨,折了桃花第几枝。

## [偶趣]

偶坐茶桌效陆烹,清泉绿茗泛诗情。

寒瓶一朵梅花弄,不为春风伴舞轻。

## [读德福①吟长《七律·酬答友人》敬致]

一见相知便觉亲，襟怀旷朗自高岑。

诗情倩与乡情重，游子依然赤子心。

注：①于深圳机场即赋敬致遥在黄浦江畔的德福先生。

## [寄友]

### 一

梦袂相连万里春，清音寄与有缘人。

信知细雨斜风后，一瓣心香不染尘。

### 二

不爱浮华却爱才，瑶音引路觅秋来。

几番风雨兼程后，料有奇葩亮眼开。

## [偶拾·钩月]

明月独垂钓,高哉楼外楼。

坊间作湖看,天上把钩投。

黑夜捉鲨孽,黎明消圣愁。

收竿净除秽,岂虑又云浮?

## [七律·邀丙申中秋雅聚即赋]

高朋雅聚一杯茶,夜雨绵绵润物华。

艺圃从来多富岁,书城自辟有赢家。

诗怀淡处吟秋色,文至闲时赋落花。

不与清风分彼此,心随皓月洗尘渣。

## [七律·晨起偶拾]

启窗春雾似轻纱,斜倚栏杆忆岁华。

回味一章青玉案,欲填两阕浣溪沙。

兴来最爱寻新句,趣寄偏宜煮旧茶。

不泯童心君莫笑,重开花甲玩家家。

## [七律·致陈仁德①吟长]

隔山隔水道相同,何论程门深几重?

隐遁乡间无惭意,行吟陌上有高风。

好茶常共亲朋饮,老酒难将名利融。

笔下诗行多丽句,门前五柳绿葱葱。

注:①陈仁德,重庆忠县人,当代诗词家。

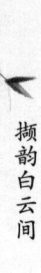

## [狮子荷香苑 1981 级同学小聚偶拾]

翠盖满池谁与擎,游鱼戏水自营营。

并肩挽手寒偕老,守底连根暑媲生。

茎念刚柔持有度,花开肥瘦总无争。

低洼地里何妨长,知雨知风也知晴。

## [访香山寺]

初拜香山寺,僧开造化功。

欣然花一路,卓尔岭千重。

鸟语禅音杂,人情佛意融。

白云缥缈静,树色染澄空。

## [小南海二韵]

### 一

名唤南海韵亦殊，青山秀水美人图。

晴明阴雨各真味，碧玉青螺一玉壶。

### 二

名湖开一镜，小艇几回旋。

眼底涟漪阔，胸中块垒宣。

水延湾九叠，诗拓界三千。

天狗犹望月，神龙正卧渊。

山横龟宛尔，风撼石巍然。

胜景邀留照，闲情话袅烟。

利还资井灶，泽更润陂田。

诸贤皆师长，吾惭献俚篇。

## [黔江竹枝词]

爽秋时节访黔江，阿蓬濯水足迹留。
最爱蒲河明镜水，清澄见底涤尘忧。

## [黔江问枫]

问君何意苦留丹？为报红尘一段缘。
沃土青山齐养育，春风夏雨共扶怜。
秋来更谢清霜力，雾去方呈满树妍。
造化若非钟靓丽，何能艳艳映蓝天。

## [濯水古镇]

流水人家有古桥，满街石板足堪豪。
古装店铺流行韵，垂柳多情檐下摇。

## [武陵松]

自小经风雪,顽强夹缝生。

身披龙鳞立,冠着绿针横。

愿把清凉送,敢予不实鸣。

一生甘淡泊,宁折耻逢迎。


## [黔江道中]

我在武陵最里边,白云公路两盘旋。

抹黄晚稻梯田外,嫁与秋风到碧天。


## [黔江返程观群山]

青山迎又送,十里九回环。

回看行车处,峰浮天地间。

## [武陵远眺]

白云深处是吾家，山色青青燕子斜。

濯水风雨桥上走，乡情化作满坡花。

## [戏题酉阳桃花源]

胜日春郊似画廊，书生惬意访酉阳。

桃花灼灼迷人眼，碧草茵茵映粉墙。

玉手端来情与永，红颜带走爱和伤。

人间仙境成佳话，从此千年问短长。

## [与诸战友湘西凤凰拜访陈宝箴故居]

凤竹堂中记本初，祖先上数是耕夫。

路通红日牵胆略，屋倚青山入画图。

四海百年文墨远，一门五杰古今无。

返乡说与儿孙辈，莫为清贫便服输。

## [璧山登云坪荷塘]

清池绿水粉莲花,蝶影翩翩又日斜。

叶底翻波三两鲤,也随童稚过家家。

## [丁酉春旅南粤逢54周岁生日有寄]

树满长堤梦满河,相思夜夜送秋波。

不知今夜春潮涨,泛起深情有几多?

## [韩信]

先齐后楚淮阴侯,韩信功高汉帝愁。

一丈白绫浣渭水,宫娥犹唱《汉宫秋》。

## 【东篱下梧桐秋韵】

一树藤黄老气横，曾经绿染五湖荣。

西风尽时扫还落，着地铿然尚有声。

## 【题东篱下棕树】

寒暑天涯易见君，叶如孔雀半开屏。

红衣剥尽千层怨，愤取尖心刺破云。

## 【丁酉秋夜雨】

昨夜惊涛入壮怀，吟肩诗骨忽崔嵬。

耕夫欲与风相约，每到狂歌送雨来。

## [丁酉中秋遇雨]

今无蟾光下九天,中秋细雨到窗前。

痴心独爱渝州月,不管西方圆不圆。

## [丁酉国庆中秋双节偶遇故人戏作]

与汝相亲始惹痴,至今心醉卜邻时。

小窗人对初弦月,高树风吟仲夏诗。

梦好难追罗曼蒂,情深可上吉尼斯。

浮生百味都如水,除却童年酒一卮。

## [杭州逢故人有赠]

江南短梦系青春,片片落花逢故人。

书剑不成应笑我,荼蘼未嫁却怜君。

隔年酒为心情变,久客愁随江海分。

莫问何乡留倦羽,依然未忘是凌云。

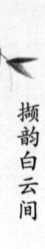

## [丁酉国庆获京华画家赠兰草一幅]

娉婷一箭小盆栽,移向书堂壁上开。
葑影临风轻扇手,微微渐觉有香来。

## [丁酉夏夜诗语]

### 一

夜半霓虹不肯眠,隔窗炫耀那悠然。
荷香也向诗前送,轻踏平仄又少年。

### 二

夜深犹自把诗耕,我自逍遥纸上行。
莫问此间何少梦,心思更比月华轻。

## [东篱下]

长亭妙影短亭旁,嫁与春风丝嫩扬。
却恨春来颜色老,芳心犹记别情长。

## 【眉山拜苏子】

诗抱一壶酒，斟来慰俗尘。

心绳牵日月，玉管探昆仑。

世路深深浅，人生假假真。

年华渐已逝，书海了无痕。

眉山拜苏子，文道仰师门。

我乘快哉风，扁舟破浪行。

江海寄平生，酌霞把盏频。

风骨三父子，千秋不朽文。

烛照华夏远，盖超帝王名。

心香敬一炷，虔诚上青云。

## 【旅经奉节偶拾】

巫山云雨一望遥，橙香深处诗旗飘。

夔门踏浪归来晚，推窗澄怀听江涛。

# [清明祭阿爸]

跪奠坟台涕泪涟,一抔黄土瘗长眠。

堪怜易箦犹呼我,儿在江湖云崖边。

# [赋得三连战友南宁宁明北山①行]

## 一

泪别军旗摘领章,前程遥望是家乡。

焦山岁月成追忆,卅年重逢话短长。

## 二

今访北山寻阵地,耳畔犹闻弹雨声。

战友横刀关塞远,一炷心香祭英灵。

## 三

三连官兵聚南宁,笑谈当年共征鞍。

地北天南长相忆,浩荡情怀写青山。

注:①北山,系当年我所在部队阵地。

# [踏歌西沱]

丁酉初秋,重庆市民族宗教事务委员会、重庆市作家协会组织采风民族村寨古镇,探寻民风民俗,感悟文旅结合的时代新貌,五天行色匆匆,识见肤浅。

## 访西沱

店铺盐行业已休,繁华再不彰人眸。

苍苔有色街坊静,古道无声渡口幽。

江岸百禽任聚飞,檐前汉砖话沉浮。

隼声随处绕屋响,凤鸟浴火早运筹。

## 西沱盐道

千年盐道作诗笺,脚踏仿佛叩键盘。

搜句遣词石阶上,谋章捕韵脚行间。

今披烈日拟新曲,总沐晨曦炼旧篇。

应谢西沱成就我,吟哦健体两悠然。

## 西沱鹅卵石

历尽艰辛逐逝波,锋芒棱角尽消磨。

容颜可易心还在,不必伤怀怨忧多。

## 【偶拾旧作】

独坐书斋赏古文,小诗吟罢便思君。
鸡蛋花开月影后,南海涛声入梦频。

## 【潼南赏花】

鹅黄葩奇次第开,芳菲烂漫倚云裁。
此花若植玄都观,前度刘郎来不来?

## 【过秦淮河】

南朝旧事逐波声,今日江山别有情。
应见秦淮河上月,柔光如水浥玄笙。

## 【璧南秋收即景】

丘外余霞景色妍,暮帘渐渐掩山川。

举头黄犬迎家主,曲项麻鹅进竹园。

捧把清泉洗酷暑,拖车香稻笑丰年。

阿叔收割归来晚,一路歌声踏月圆。

## 【怡心阁夜吟】

附庸风雅事,也作浩歌行。

一字吟难稳,终宵梦不成。

依稀新韵得,辗转旧词生。

欲获江淹笔,闻鸡破晓鸣。

## [寄人秋雨]

一帘秋雨惹相思,独坐寒窗难自持。

犹记风吹杏花乱,黄莺立在最高枝。

## [元龙吟长新著付梓有赋]

君向诗风正处行,柔毫一搠入笺轻。

精华欲掩终难掩,扫尽浮云月更明。

## [观赏永川黄瓜山梨树林]

好景何处寻,永川梨树林。

万枝涂浅雪,十里淡浓云。

新雨解润色,夕阳堪镀金。

耕夫无画艺,采朵入诗吟。

## [咏物二题]

### 流 云

轻似飘绸柔似梦，如烟如雾任风牵。

凝珠元气翻成雨，浴透明霞灿九天。

### 飞 瀑

白浪崖巅滚滚波，翻腾直下挂银河。

雷音瀑泻三千仞，不及人间跌宕多。

## [大娄山杜鹃]

### 一

云外仙人种石田，月中桂树斫千年。

地球何处寻奇迹，雪满高山放杜鹃。

### 二

白雪阳春和者稀，知君应是故园梅。

水边屋角无人处，香遍寒天春便回。

## [璧南河浮萍]

辗转随波只一身，亦无根系亦无尘。

偶然识得江湖趣，绿水游鱼绿意春。

## [观白莲花]

皎洁清纯赏素荷，出泥不染立沧波。

澄观净虑通天际，妙语天然诵佛陀。

## [忆舅父]

又是一年春水暖，酒倾泪洒祭恩堂。

可堪分袂论时雨，梦断听蕉墨几行。

# [慈母七十华诞]

春蚕丝万缕，劬劳复年年。

母爱无边际，身穷守法虔。

风清愚浊涤，露润李桃妍。

儿负报恩债，化作春晖还。

# [春日乡村]

## 一

莫道修篁倩影深，几经风雨始成林。

笋尖破土伸颈角，已蓄横空出世心。

## 二

一道清泉别号廉，穷源自欲向山尖。

问渠纯净何如此，不受污尘半点沾。

## 耕夫行吟之古绝试笔（二十七首）

### 一
大爱心头涌，平添愿几重。
秋空真寥廓，惆怅鬓华生。

### 二
人眼有青白，我唯闭与开。
气消中岁盛，闲唱归去来。

### 三
红李酸且涩，青苹绵复甘。
知味需品尝，安可表皮看？

### 四
潭水明如鉴，影随云卷舒。
风来忽吹皱，物我两模糊。

### 五
向晚歇南浦，兰舟系矮松。
茶闲登旧驿，吴月又当空。

### 六
寻常存大道，尔来识者殊。
参此无穷尽，言寡意不孤。

### 七
尺退天地间，寸争百怨生。
能舍方有得，得亦付飞鸿。

### 八
汲彼山根水，烹此岭上芽。
淡酽元无谓，一壶煮物华。

## 九

开妍新雨后，小畹暗香袭。

拈来成一笑，清风过东篱。

## 十

生来元无语，东篱隐苍苔。

惯看花开谢，日月与徘徊。

## 十一

徒值风华茂，世事尽劳神。

已懒鞭骏马，拾笺咏美人。

## 十二

卅载别离后，相逢梅江秋。

惊呼如梦里，挥手暮云收。

## 十三

拍岸起惊涛，逸笔任逍遥。

重彩自写意，心潮逐浪高。

## 十四

新蔬佐茅台，高论入子虚。

但爱秦时月，还来就野居。

## 十五

陈酒卅春秋，新陌望眼收。

悟得身是客，曲尽醉高楼。

## 十六

诗成和酒唱，风雨动江亭。

渔家备新笠，夜半一舟行。

## 十七

相见无多语，不来忽忆君。

兄弟隔山渚，丹心照白云。

## 十八

北苑有嘉景，深藏一黛青。

迷途值林叟，遂作桃源行。

## 十九

邀酒月初上，看花趁未残。

须叟足恒久，无复咒逝川。

## 二十

远岚寒无色，空林近有声。

一泓石下涌，兀自立秋风。

## 二十一

四季因循过，诗笺随意题。

我心与明月，暗暗两相惜。

## 二十二

何堪秋露冷，因喜物候新。

高陟空双目，迎熙振素襟。

## 二十三

围炉煮老酒，望岳赋新诗。

万类供周游，羲和驭驾迟。

## 二十四

山路接林表，清溪引空蒙。

兴来任所适，懒问第几峰。

## 二十五

故园千朵莲，幻影簇云天。

别后无限意，都寄梦回间。

## 二十六

尺素凝霜雪，诗书随意成。

本是寻常笔，信有旷世情。

## 二十七

过眼风飘絮，凭栏雾与虹。

生涯难逾百，何事不能容？

## [怀念家婆]

家婆抚育深恩终身铭怀。家婆仙逝时,我在南疆某部战前急训……

经年多坎坷,羸弱度余生。

尊老怀谦敬,相夫抱朴诚。

淑贤名梓里,惠育着亲朋。

家婆春晖咏,书碑勒此铭。

## [惠东巽寮湾乘快艇赋之]

谁挥椽笔动人寰,大写波涛只等闲。

夕照金辉情自切,满船载得笑声还。

## [李易安故居]

一院芭蕉伴女家，满墙碧瓦写烟霞。

玑珠婉转书词素，永昼敲窗系鬟纱。

## [甲申杂吟]

海阔天空任汝游，抛开宠辱便无忧。

莫瞧地位高低别，除去私心恩怨休。

命运何言凭数定，贤良欲达仗潜修。

超凡脱俗臻高雅，一扫闲愁万事周。

## [理发偶拾]

剃短头发去点烦，发师谓我已花斑。

莫染黑油充少年，欺己欺人遂买单。

## [龙年迎春]

满目琼瑶蕴绿魂，
似寒却暖沁人心。
冰河难阻春风变，
跨向龙年万象新。

## [旅途感兴]

岁月峥嵘似水流，
漂泊已度三十秋。
柳营未晓勤无岸，
学海询知惰有沟。
把盏吟诗心寂寂，
抚笔展纸梦悠悠。
如今两鬓霜花渐，
依旧痴情攀顶楼。

## 彭水阿依河泛舟偶拾（同韵）

### 一

抬头蓦见白云流，画意诗情系舫舟。

均晓史中存褒贬，焉知皮里有阳秋。

闲观水面游鱼跃，坐爱滩头紫气浮。

莫抱愁怀生感慨，怡然自乐效轻鸥。

### 二

阿依自古浪悠悠，不绝冬春夏与秋。

多少风雪来眼底，怡然自得羡沙鸥。

### 三

静静阿依率意流，茫茫水面点行舟。

诗心慷慨情如玉，世俗浇漓夏似秋。

风雨飘摇由鼓噪，人生淡定任沉浮。

偷学龙生①醒且醉，一似轻云一似鸥。

## 四

漫赏阿依细浪来，湿风拂面不思回。

世间甘苦瓶中味，醉我陶然胜旧醅。

## 五

白云幻马踏将来，驾我长风抱梦回。

遣兴骋怀唯借酒，阿依一走忘新醅。

注：①龙生：指重庆诗人万龙生先生。

# [西部第三届散文家论坛与四川、陕西、北京诸文友畅饮嘉陵江渔舟]

不见涛生但见流，何人水面逐轻舟。

滩头劝酒如酬客，午后加衫似遇秋。

世俗浇漓空欲利，平生苦乐笑沉浮。

吟诗步韵开怀饮，气爽神清快似鸥。

## [绝句]

一寸光阴一寸金,莫问收获多耕耘。

文学路上景如画,笔走风雷面目新。

## [彭水阿依河偶拾]

阿依河中洗凡心,竹筏缓缓伴歌吟。

水鸟殷勤呼我去,随它翩翩入翠林。

## [和万龙生原韵]

摩园飘细雨,杉林露痕苔。

山花迎我笑,爽风拂面来。

附:万龙生先生原韵

风过雾城雨,绿树满覆苔。

歌声谷底飞,岂是情人来?

# [壬辰端午前夕应北碚劲松诗社之邀与诸诗友登北碚缙云狮子峰赋]

## 一

身处云霄催羽毛,菊泉汲酒说辛劳。

春风大雅超三性,秋水文章出寸毫。

槐火烹茶步象外,紫薇降雾绕周遭。

人生得意青春二,燃我诗情起海涛。

## 二

一稚青莲结凤缘,如椽大笔写诗笺。

庄周淡泊多真趣,阮籍鼓琴启后贤。

两腋清风绕素阁,一壶夏岚醉新天。

人生快意唯诗梦,李径桃蹊乐永年。

## [品茶]

精华叶里藏，幽静不张扬。

嫩葱千杯秀，骏眉四海香。

清新颊齿漫，飘逸满庭芳。

人事如茶道，浮沉韵味长。

## [师魂颂]

播洒甘露一片情，杏坛挥鞭唱大风。

一代良师身犹健，歌吟时代著新功。

## [踏春四月]

最美人间四月天，花香鸟语柳如烟。

池塘水暖春风透，唤起新荷逐绿钱。

## 【题陈仁德道兄七十华诞】

逝水流光认此身，容颜老去剩天真。

律己秋气宜常肃，处世春风合久醇。

心恋缪斯憨态故，情抒笔底句词新。

壬辰尤喜东风祝，龙舞华年又一轮。

## 【题大明湖垂柳】

春来开媚眼，一笑远浮尘。

脉脉含情唱，依依惜别辰。

三春时雨润，五柳性情真。

帝子君山客，凌波泽目邻。

阴柔非弱势，坚韧是奇珍。

守卫神疆土，追随左督军。

面临强暴者，从不折腰身。

天宇风云变，韬光起落频。

盈盈舒长臂，捡拾漱玉声。

## [题东篱下蜡梅]

不在东君点化中,凌寒料峭绽心容。

为防飞蝶贪香色,早许身心付雪松。

## [访大明湖]

慕名探访大明湖,气势恢宏举世殊。

环岸烟青群厦立,中汀水碧独山孤。

朝阳初抹翻金浪,暮雾低拖蔽短芦。

超然楼头烟云过,且约稼轩把酒酌。

## [题秋荷]

一枝静静对秋风,独立苍茫意却浓。

待到来年随卉发,红光琅琅耀池中。

## [题寄胡正好①]

方家如林翰墨苑,正好风韵独飘然。

铁画银钩赖腕力,烟霏露结生毫端。

飞龙舞凤参妙化,行云流水浑自闲。

叹我雕虫意趣少,何若从君学张颠。

注:①胡正好:重庆市书法家协会副主席。

## [题寄重庆诗词学会诸吟长]

谈何告老鸟归林,岁月如歌白发新。

既把沧桑融韵律,还将荣辱掷风尘。

蒙君跌宕一支笔,慰我沉浮半百人。

莫负诗情纷似雪,呼梅唤柳再回春。

## [题栀子花]

洗尽铅尘意却真,暗抛香蕊入凡尘。
由来远近怀中笑,自是无心梦里人。

## [五十自题]

成才勤为本,世事沧桑心事定。
创业苦当先,胸中海岳梦中飞。

## [寻访巫山小三峡]

水转峰回一艇轻,隔江巴女唱歌声。
岸边多少移民泪,点点行行故里情。

## [万盛偶拾]

### 知青林场

列阵松林绿似海,橙黄针叶满路苔。

游山缓步黄金道,悦目怡情化诗怀。

### 黑山谷

叠叠葱茏黑山谷,云林翠岫竞芳姿。

大娄山下烟霞起,栈道环山龙舞溪。

### 黑山谷溪流

执着奔流到大江,山重不惧路回肠。

艰难日夜欢歌语,万里之遥未是长。

## [怡心阁夜读]

吟罢新词翻旧抄,经年临案病在腰。

怕人问询积学少,灯深不畏电价高。

## [草赋七律一首敬献给金剑山①全体诗友]

金剑诗友引前行,惠我春风万物荣。

大海探骊近鹏翼,青山觅句得雕翎。

求知当是书中取,秉志非为身外名。

意切情真吟雅曲,精神抖擞迈新程。

注:①金剑山:位于重庆市璧山区境内,缙云山脉一景。

## [写给阿妈七十寿诞]

手提珠穆朗玛峰,展开大地与长空。

醮干五湖四海水,难写阿妈养育功。

## [鱼塘即景]

天开一镜映乡魂,云影春光大写真。

岸柳含烟发新枝,清波浸透鸟鸣音。

## [谒苏轼墓]

斜阳草木深,铁板词人心。

三绝苏公艺,一吟国士深。

风吹槛外雨,月起窗前人。

远黛多烟霭,苍苍翠柏森。

## [怡心阁书写寄怀]

### 一

幼小学书笔未枯,常将好纸筑浮屠。

阅游万仞佳山水,依旧奇峰在镜湖。

### 二

五旬岁月论沉浮,篆隶甄来习草书。

自塑冷颜雕剑骨,管他高雅与低俗。

## [祝寿诗]

人生天地一沙鸥，

百岁徒嗟逝水流。

欣逢肖母古稀岁，

神如月朗气如秋。

儿孙堂上虔拜寿，

此福前身几世修。

慈善勤俭行母仪，

德昭邻里留美名。

蓬莱试望群仙会，

华筵宾朋举杯频。

我为寿星歌一曲，

且作祝寿酒一盅。

耄耋之年再祝酒，

正如南山不老松。

# [自遣]

### 一

喜欢晨起写新诗,不爱挑灯照旧词。

帘外春光颜色好,借来几缕映红泥。

### 二

古有笔成冢,于今纸作舟。

乘风驱碧浪,点点缀春秋。

### 三

满结翰林果,唏嘘雅客悠。

文长来日问,抛向不羁舟。

## [自题]

### 一

平生有幸慕文才，字字千钧总费猜。

花月春江随夜去，烟波散尽雾徘徊。

### 二

我生巴山古渝州，祖上清寒庭训留。

笑对世间人与事，不贪富贵逞风流。

## [早起远行]

早行数里量还在,浮白天边幕未开。

不辨云林深浅错,空闻风水参差来。

青山有意留行客,河汉无心宿旧台。

回望乡关云海渺,一丝淡月细如裁。

## [老牛①]

——兼寄成图先生

开荒拓土势如龙,历尽炎阳与朔风。

志为田园增稻菽,甘吞糠草隐茅蓬。

不悲肤体随年瘦,却遂民间逐岁丰。

耕罢归途刚气在,昂然笑对夕阳红。

注:①老牛,刘成图先生笔名,璧山诗词学会原副会长,名冠渝州诗词界。

## [城口秋吟]

君不见，秋来巴山汇锦绣，

天高气爽百色柔；

君不见，秋来层林染城口，

笑眼眉开万家楼。

喜好不同谋，耕夫犹爱秋。

古人悲冷寂，独我醉不休。

叶落花黄寒风起，自古诗人诉怨忧。

宋玉有文悲落木，陶潜无酒对花愁。

少陵悲秋常作客，潦倒新停叹浊酒。

边塞诗人思妻苦，昌龄倍感为情囚。

纪晓岚诗蕴趣味，一人独占一江秋。

我请诸君侧耳听，城口秋色作吟讴。

悲有别情非关秋，秋有别趣非关愁。

古人清寂苦艰稠，丈夫意气借此留。

莫道茅屋秋风破，休言落叶牵女牛。

秋声秋曲秋光美，秋色秋情秋意悠。

秋水秋云秋气爽，秋莺秋雁乐秋游。

红叶夹书思往事，紫花插瓶寓出头。

做人宽厚添福寿，处世平和开运筹。

人生半百经磨砺，大海扬帆凭放舟。

炉前淬火出利刃，弄潮商海自风流。

利禄功名抛脑后，文章道德汇心中。

读书半老略知理，磨砚十年未见功。

北海牧羊志，东坡放鹤情。

城口彩叶翻旖旎，千重秋影舞婆娑。

黄安坝上看蓝天，心随朵朵白云飘荡去。

怡心阁里读青史，我盼个个先贤显灵来。

取意诗仙将进酒，旋参子昂涕下哦。

拈来此韵闲放咏，兴作古风秋吟歌。

耕夫本是一棵草，幼时春花两季修。

劝君莫唱秋怨曲，且看红叶驻枝头。

相约明年秋未著，我驾长风到城口。

与君再弹杨柳枝，一曲新词一杯酒。

磅礴诗情排云上，巍峨巴岳浩歌留。

## [晨读]

独展诗书细品尝,阶前初日照斜光。

小虫也喜读书味,缓缓爬过字几行。

## [夜读]

枇杷晚翠落霞红,耽读谁闻午夜钟。

旧稿盈箱闲再改,残经半榻醒重攻。

旱无洗笔丝丝雨,爽有翻书习习风。

暮诵朝吟磨韵律,诗心一片晋唐通。

## [怡心阁夜读]

我本蓬蒿客,狂歌谁与闻。

青天如大道,鬓发逐游云。

侧耳听啼鸟,濡毫慕右军。

推窗邀月入,相伴且观文。

## [怡心阁悟道]

新晴夕照透窗纱,墨色初调未细查。

落笔糊涂浓淡处,游魂杳邈海天涯。

南奔北闯黄金梦,东作西成责任田。

物欲横流填万壑,沉舟侧畔过千帆。

东篱无风飘柳絮,梧桐树下读诗书。

魂追历史思之古,酒入回肠醉一壶。

## [北固山]

大江浩浩向东流,北固山头望九州。

千古英雄何处觅,稼轩笔下论曹刘。

## [旅途寄友]

惜别渝州京华游,稻花香里过杭州。

浮萍寄水君休问,人在天涯月一钩。

## [题云冈石窟]

纤云引我到山前,洞窟恢宏不计年。

班列笙箫龙戏水,筵开歌舞凤鸣天。

千寻弥勒依丹壁,半寸佛龛凌紫烟。

阅尽人间风雨事,庄严今古法无边。

## [赠诗友]

幽姿绝俗尘,孤容寒梅瘦。

难得素心知,红颜到白首。

# [秋访白帝城]

## 一

秋访白帝寻诗踪，江岸枫叶色未浓。

金戈铁马嘶鸣远，唯见夔门万古雄。

## 二

《出师表》前寻遗踪，犹忆北伐千古雄。

自古贤良多隐憾，峡江无语水朝东。

## 三

菊黄丹桂送清香，云岚飘处箫悠扬。

隔岸竹枝声脆脆，煮茶论诗会刘郎。

## [北碚水土工业园登高远眺]

### 一

远望青山峰叠峰，天蓝日艳白云浓。

盈眸科园景如画，跨江长桥势若虹。

国策有灵祈福祉，今贤睿智伏蛟龙。

嘉陵浩浩奔腾疾，逐梦扬帆唱大风。

### 二

文脉绵绵数缙云，秋林翠岫竞芳姿。

狮子峰下烟霞起，鉴湖清波妙入诗。

## [狮子峰]

名播渝州不计年，将星文曲世绵延。

虬松挂壁阴游道，秀阁留人尚古贤。

到此读山如读史，倚云听石胜听泉。

置身狮峰晨曦里，北碚盛景汇眼前。

## [丁酉秋寄怀]

平生有幸倚诗音，寄意青云迭满襟。

陋巷深深轻扣月，沧溟渺渺忒思心。

栖迟玉宅终无语，伫立湖山枉自吟。

几缕痴魂寻旧约，风情雅道胜千金。

## [缙云松]

守望云山漫漫年，风欺雪压气昂然。

寒霜磨就嶙峋骨，不肯低头永向天。

## [丁酉秋喜逢谭惺、杨矿偕书画家一行渝州邀饮有寄]

风雨红尘第几秋？艺布芳甸说名头。

明珠霞重水云艳，异乡缘深岁月稠。

有意有情歌盛世，无嗔无妄赋清流。

吾侪本是浮槎客，把盏邀君醉渝州。

## [水土两江科技园]

今日北碚虎性彰，架桥穿山气高昂。

引来科技泉中水，灌得水土骨亦香。

## [寄玉兰诗友]

茫茫诗海遇知音,结识高贤膏泽深。

把盏同歌如梦令,游山共咏醉花阴。

遣词不改逍遥志,磨剑长怀慷慨心。

寄傲风骚轻势利,阳春下里涨清吟。

## [丁酉冬渝州访梅园即赋]

好景何处寻?渝州访梅林。

万枝深浅雪,十里淡浓云。

时雨解润色,冬阳若镀金。

愧余无画艺,采朵入诗吟。

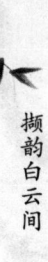

## [怡心阁抒怀]

——2018新年渝州初雪有赋

### 一

驿马奋蹄叹命途，却沐满屋溢香书。

商海卅年奔劳苦，文锦胸藏气自舒。

### 二

一嗅书香骨亦酥，忽如当顶灌醍醐。

心敲平仄哲思涌，日月风云入玉壶。

### 三

立山寺①梅带雪开，殿前骚客敬香来。

穿行犹恐惊芳梦，足亦轻轻踏旧苔。

注：①立山寺：重庆名刹，在璧山区丁家莲花村。

## [行吟三韵]

### 一

三九飘来雨一场,寒枝缀露绽梅香。

山川濡润晶莹梦,春讯先声入诗章。

### 二

君说归期未见归,玉兰映水草萋萋。

山村添了新风貌,乐韵书声过野溪。

### 三

紫陌红尘自破愁,烟霞乱吻稚孩头。

纸鸢托起飞天梦,越过街头几座楼。

## [丁酉冬旅南粤遥寄老牛诗文]

满目青山任日曛,识途老牛步尤勤。

深谙三昧神思远,善写二王翰墨芬。

玉尺评诗君勉我,金钩钓韵我钦君。

安能身似云中鹤,花月樽前细论文。

## [挽族兄周厚明]

规我不德、益我不能、匡我不逮,二十年肝胆切磋,难逢知己;

怜兄之劳、忧兄之疾、痛兄之亡,眼前事凄凉索寞,空赋招魂。

## [悼族兄厚明[1]]

二十年来未洗尘,一朝离去见精神。

盾之王里花千树,只为君临报晚春。

注:[1]族兄周厚明入职我公司20年,主管营销,恪尽职守,风雨同行,2018年正月初一凌晨病逝。

# 璧山逢旧友有寄

## 一

巧遇璧城东,凝眸呼旧容。

诗兄身健否?曾约饮来中①。

## 二

经年叹久别,故园偶重逢。

今夜秀湖月,皎洁照心中。

## 三

此去云山阻,何期壮旧游?

举杯邀璧水,同醉狮峰楼。

注:①来中:我的母校重庆璧山来凤中学。

## [踏歌璧山]

《重庆晚报》、璧山高新区组织"和美璧山"征文采风，赋之。

### 东岳体育公园飞瀑

白浪崖巅滚滚波，翻腾直下挂银河。

雷音瀑泻三千里，不及人间跌宕多。

### 春到樱桃谷

暖风醺醉樱千树，细雨翻新柳万条。

借问春光谁管领，一双新燕过溪桥。

### 璧玉公园杨柳枝

燕群穿柳柳摇枝，黑色音缠金色丝。

弹得东风无限意，璧河春水绿参差。

### 春日秀湖云庄茗话

东山荐茗共春初，明月空灵煮一壶。

百味不知肠内闲，诸形且敢骨中酥。

人何得似雀幽鸣，我亦能敲边外鼓。

话到时闻心意会，白云天际试相呼。

### 大路三担湖即景

斜倚清波不染埃，童心含笑梦中开。

春阳正下青青叶，一串蛙声跳上来。


### 采风郊游

春风一夜酿新晴，催我采风郊外行。

湖上波光肥榭影，山间云气润莺声。

沾屐草色纵情碧，拂面柳丝任意轻。

更爱林荫丛里坐，我披《夜雨》话诗盟。


### 璧邑春景素描

春醉湖山一望中，樱桃粒粒诱人红。

鸠呼草绿芭蕉雨，蝶舞花黄芥菜风。

无尽田畴争妩媚，不闲村镇计葱茏。

犁牛秧马踪何处，机插机耕一刻功。

## [戊戌开岁抒怀]

### 一

卅年萍漂起征鸿，秦汉情缘架心蓬。

意酒万千书不尽，爱憎一线墨无穷。

今天半日得闲暇，明朝征程景色葱。

艺事从来须自砺，且将诗兴赋苍穹。

### 二

人生五十过函关，快意生平自适观。

胸府琉璃存翰墨，世尘纷扰弄钓竿。

从来不计崎岖路，到处佳朋厚爱宽。

纸上糊涂挥斗笔，燕舞龙腾正驱寒。

### 三

翰墨骚人弄几重，岭梅重叠数丛峰。

心从自适聆天籁，身在苍茫酒气浓。

何处西风飘鸟语，昔时老屋照青松。

明朝踏云会嘉宾，青云助我翔碧空。

## [梁平竹韵]

丁酉夏,应邀观光梁平百里竹海,爽风拂面,山花笑迎,长岭高岗,翠浪连绵。有赋。

### 一

虚怀持劲节,何惧乱风摇。

奋葆铮铮骨,昂然不折腰。

### 二

寒冬摇翠影,霜雪蕴精魂。

新笋发春雨,出林秀古村。

谦恭缘有节,坚韧岂无根?

纵使高千丈,长怀大地恩。

### 三

万竿摇动翠波连,沐雨经风彰蔚然。

乱石扎根无后悔,寒梅结伴有前缘。

短阶深院霜痕浅,长岭高岗月影偏。

纵使凌云仍抱节,赢来骚客好诗篇。

## [乡村二咏]

### 偶遇村翁

难背家园去远方,任凭春月转秋霜。

肌肤秀出古铜色,锄镢刨过坚韧钢。

泥水满衫双茧手,薄田几亩一年粮。

归来鞭打柳梢月,妻在村前老树旁。

### 老 屋

败瓦残砖久,民居岁月长。

庭栽黄桷兰,苑透栀子香。

斑驳苔痕厚,刚坚白石凉。

老牛归古巷,踏碎板桥霜。

## [璧南河新景]

情浓最是璧南河,四季奔腾日夜歌。

接纳支流迎巨细,包容浊浪汇清波。

## [渝黔道上]

行到崎岖景愈妍,青山如傍美人肩。
闲听问答林中鸟,静望升沉水上烟。
路有幽深难阻步,云无定势可通禅。
躬身偶拾尘埃叶,悟得清凉一片天。

## [屋后蛙鸣]

一片蛙声对月痕,如斯鼓吹足销魂。
灭灯孤坐聆听久,宛在儿时雨后村。

## [东篱兰草]

东篱有小草,人唤作幽兰。
寒暑从容度,风雨亦等闲。
春来抽嫩蕊,月下露清颜。
何须华堂里,任人恣赏玩。

## 【喜得文友邮赠郑板桥书法（拓片）观赏有赋】

官运不如书运长，形骸放浪喜疏狂。

游舟墨海楫为笔，纵马丹青意引缰。

清醒三年非政客，糊涂一世亦雄郎。

武陵自信桃花艳，观景何须去洛阳。

## 【遥寄旅居沪上德福先生】

忆昔璧山笑语真，而今两地隔乡尘。

君披浦江风和雨，我钓故土秋与春。

魂绕烟波三千里，情牵云梦一万津。

何期醉饮茅台酒，共话家乡日月新。

## [竹丰湖眺望]

竹丰水盈盈，旖旎翠峰青。

起伏横天幕，高低列画屏。

幽深雄秀态，静谧诡奇形。

赏目难穷尽，游心赋性灵。

## [戊戌重庆酷暑自题]

阵阵炎威炙绿苔，故居篱落蝶难来。

耕夫自握芭蕉扇，软软凉风有快哉。

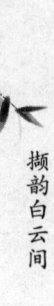

# [谢树祥老师九旬华诞]

### 寿 联

图开百福,九老曾留千载寿。

寿祝三多,十年再进百龄觞。

### 寿 诗

四十年前拜吾师,德泽恩滋润诗行。

半身杏坛身心暖,两袖清风天地香。

世事如棋无旧局,人生似火有新光。

大江东去千重浪,闻得涛声奏乐章。

竭忠尽孝
謂之人
謂之治國經邦
謂之學
安之定變
謂之經天緯地
謂之文
霽月光風
謂之度
謂之萬物一體
謂之仁

## [咏鞋]

二十年未整理旧物，戊戌初秋因规放书籍而清理旧物，一双陈旧的布鞋，布面已显破旧，鞋底针线布局依然清晰可亲，那是我10岁生日时母亲所做……感赋。

旧布层层粘叠摊，麻绳纳底密缝连。

慈情尽用线头系，大爱全从针眼穿。

越岭翻山舒脚板，蹚荆踏棘暖心田。

鞋绳量儿万千路，犹在母亲双手牵。

## [咏秋]

莫羡春时树树芳，菊枝更比杏枝香。

秋风自有斑斓笔，枫染霞红月染霜。

## [璧南三合访友不遇]

傍水两三家，疏篱伴晚霞。

春晖流旷野，幽静远繁华。

怀书访知己，柴门虚掩斜。

主人何处去，忙采雨前茶。

## [秋眺]

鸦背斜阳暮，丹沉碧水中。

老鱼犹跃浪，瘦鹤独排风。

偶望青山远，偏欣落木空。

霎时逢细雨，坦坦看秋丛。

## [题东篱下菊]

玉露凋伤百卉衰,疏篱独立傲霜开。

空山荒径谁曾伴,瘦月清风我自来。

万里寒云随雁远,一枝冷艳任诗裁。

贞操只合骚人赏,岂畏权豪枉忌猜?

## [旅阳江战友邀观海岸明月有寄]

明月海空清似水,银涛夜色漫如烟。

幽闲自有瑶池梦,涤尽凡尘做上仙。

## [七绝·故居问塘柳]

几度冰霜几度春,塘边老柳印痕新。

垂枝识我儿时梦,竟唤当年戏水人。

## [游学《诗可以群》寄成图、德福二吟长]

先生渝州称诗狂，高唱低吟忘鬓霜。

两袖清风申傲骨，三千佳句荡柔肠。

弘扬国粹童心挚，浇得方田百蕊香。

相顾同仁呈小调，韵翔山水舞霓裳。

## [东篱下秋菊①]

蒿蓬混迹任栖斜，抖擞秋风抖擞花。

借得繁星抒气节，情珍雨露慰年华。

注：①差旅半月返乡，信步东篱下见菊花依然笑脸……

## [蒋老安息]

赤手创金剑，当时诸老推公长。

素心托翰墨，此日澄潭系我思。

## [戊戌忆流年]

——盾之王特殊体系认证获得阶段性突破有赋

人世沧桑叹逝川，几经磨炼入壮年。

江南雨润花千树，塞北风侵路百旋。

战友相逢强拭泪，诗朋聚会喜铺笺。

萧萧落木香泥土，笑对斜阳著锦篇。

## [怡心阁冬夜整理旧稿有感]

书窗夜寂到天明，独在心兵万里征。

剑气未消凭旧迹，笔头渐秃有新声。

忧天好与杞人共，应景难同食客平。

自笑痴顽入魔道，十年心血铸浮名。

## [旅途遇雪有寄]

身在江湖尚远征,离人闺里不知情。

关怀最是冬宵雪,伴我潇潇下到明。

## [敲诗]

离京返渝登机后诗友微信相约吟咏有寄。

堆垛诗心一脉通,烹鲜治国两相同。

纵情妙笔驰千里,半是天资半是功。

## [寄开州诗词学会众吟长]

新篁依老竹,诗苑渐成荫。

淡月问筛影,清风频指襟。

但存磨杵志,可奏伯牙琴。

愿此常相约,高山流水音。

## [忆习字]

把手描红学写"人",慈舅教诲永重温。

欲求字正身先正,撇捺不离其本真。

## [开州汉丰湖即赋]

汉丰如镜水汤汤,婷婷秀塔蕴文光。

心事浩茫天接水,研成浓墨写沧桑。

## [应邀赴开州诗词学会有寄]

不向繁华赏绿红,偏从幽境觅清风。

来听古调山泉下,忽拥顽童竹影中。

得意襟怀呼老酒,忘机市井论雕虫。

吟鞭甩响人攒处,心若澄明句自工。

## [山城别诗友]

莫嗟迢迢去天涯,何必青门始种瓜。

冬日山城不见柳,送君一束蜡梅花。

## [夜耕]

嚼句敲词昼夜忙,管他冬雪与秋霜。

仙丹也仗洪炉炼,火到纯青喷异香。

## [夜耕怡心阁]

昨夜风寒锁鸟声,流星落半冻云层。

霜露滴在屋檐下,万径唯通诗路平。

## [凤凰农中同学聚会有感]

卅年风雨路,曾作壮怀行。

春念知多少,相逢感莫名。

衷心三敬酒,兰梦满豪庭。

执手依依别,重登万里程。

## [寄群里诗友]

梓里文翁韵味浓,诗词都煮一锅中。

长闻吟咏调平仄,屡见推敲着淡浓。

诗入鸟林争好价,词成梁苑论谁雄。

江郎渐老才非尽,索句骑驴乐未穷。

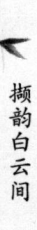

## [耕夫行吟]

### 一

诗词家凌泽欣先生家居合川,乃一方贤士。新年之际驱车拜访。在凌先生的老船夫酒楼,品酒煮诗。高山盐白菜熬制的鲜兔汤,令人口舌生津。凌先生邀来合川作协、诗词学会众同好陪饮。念先生高谊,感合川文友盛情,即席口占:

做客渠江畔,心绪织微澜。

满座皆豪英,春阳正灿灿。

把盏三厄尽,畅叙水云边。

诗词称大道,抒怀天地宽。

不为稻粱谋,骚客聚合川。

文学架金桥,结缘平仄间。

三江水长流,挚情随浪翻。

举目合州城,灯火正阑珊。

## 二

除夕夜子时放烟花有寄（集黄山谷、陈简斋句为颈联）。

聚散烟云乐几台，霓虹闪烁璀尘埃。

千古风流有诗在，一生襟抱与山开。

书窗缺处邀云补，砚水干时让雨添。

戊戌逆水撑船渡，新岁扬帆写壮哉。

## 三、过年偶拾

### （一）

弄潮商海数十年，也盼归航乐赋闲。

有意狂书华夏美，还期池墨遣灵仙。

### （二）

人生苦短叹匆忙，世事酸甜久饱尝。

旧景雨蚀成泡影，闲得诗句满行囊。

### （三）

长叹多因商事误，《楚辞》《汉赋》少有读。

阳关酒醒沙尘散，手捧《诗经》慰富足。

### 四、春趣

春日寻诗去,风拂柳枝斜。

耕夫无向导,一路问桃花。

## [璧南郊行即景]

桃红燕舞是良辰,偷得冲闲半日身。

学问尤当重契友,郊行未必约同人。

随挑野菜乘时煮,试叩柴门分外亲。

三五村童频致意,殷勤视我胜于邻。

## [春夜听雨]

偶觉窗外雨沙沙,独坐书房漫品茶。

底事揪心眠不得,明朝三合[①]看梨花。

注:①三合:家乡璧南小镇,生态纯净,梨花正放。

## [过金陵偶拾]

几番血洗雨花台,风雨钟山究可哀。

商女后庭歌燕舞,乌衣巷宇踞秦淮。

牛娃酷律城空在,教主均田旨没埃。

流水数朝皆旧事,江山无限入心怀。

## [悼凉山救火烈士]

我哭英雄已无泪,三十男儿浩气存。

苍穹一道彩虹闪,化作巍峨莽昆仑。

## [闻庆伟吟长退休遥寄]

道兄花甲赋闲游,乐与诗词共白头。

平仄苑中抒块垒,胸怀雅韵悦春秋。

## [璧南访战友]

青溪汩汩说春花,白鸟啾啾闹晚霞。

垂柳宅前频招手,月光檐下煮清茶。

半生聚散连天意,一世尘缘接海涯。

历尽沧桑情不老,流泉声里听琵琶。

## [旅京华,拜纪晓岚故居有赋]

紫藤花艳映初阳,犹听朗声飞出窗。

老宅风中怀骨气,布衣雨里走三江。

鄙夷鼠辈横目冷,体恤黎民晁力扛。

人格出香酬我志,红霞万朵映胸腔。

## [夜饮南岸]

灿灿虹霓映两江,滔滔江水汇无双。

遥向朝天门岸座,渝州壮景畅胸腔。

## [望江亭别战友]

长风万里送行舟,雪浪惊涛壮此游。

三国纷争遗楚剑,两军对垒失吴钩。

弓鸣箭匣荆州渡,火化艨艟赤壁楼。

千古英雄俱往矣,一樽还酹大江流。

## [走进璧山区医院兼致作家朋友]

"八十春秋,风雨兼程"采风活动今天在璧山启动,来自市、区20多位作家和璧山区医院的领导专家共60余人见证了这一仪式。重庆一作家感慨说:"璧山美,秀湖为最。"我以此绝答之。

何事风光聚此湖,惹来诗客漫惊呼。

恐是银汉偶生浪,坠落人间一颗珠。

## [怡心阁书事]

松声竹色绕吾庐,放眼云山作画图。

入夜偏宜明月满,一窗花影半床书。

## [重游璧北青龙湖]

采风相携去,山光动客怜。

松声骚谷鸟,壑影弄岚烟。

云湿蝉衣润,风平水月圆。

但随君笑问,始信有诗牵。

## [过昆明]

无边绿海令眸开,耸峙青峰锦绣裁。

遥对西山迎紫气,纵观滇池畅胸怀。

寺钟悠远云中响,山水清凉天外来。

好个春城多彩地,有情有韵有琼台。

【为盾之王奔忙，渝州至京华登机偶拾】

抖落襟前万里程，回眸已是壮年身。
踏云好觅空灵句，脱俗甘成淡泊人。
山水入怀开画卷，渔樵偶作炼精神。
东篱煮酒同春住，不记今年第几旬。

【六一儿童节，老年朋友扮萌凑热闹过节，诗翁成图有绝句叹之】

松有虬枝自刚强，风霜不改气轩昂。
人生休拒年龄迈，淡定从容幸福长。

【连日梅雨，今晨漫步东篱下，一丛月季正放。有记】

月月开花不染尘，芳姿带刺自修身。
不图权贵夸颜色，乐在丛中醉路人。

## [ 砚边三题 ]

### 习书感赋

莫负临池卅载功,心平路正不追风。

且从传统寻真谛,笔下千姿舞龙凤。

### 临草悟

草体应求气脉连,张颠醉素驾通遍。

胸中翻卷银河水,飞泻淋漓碧汉天。

### 临颜帖

立身忠正颜家训,走笔独标屋漏痕。

自此千年说翰墨,论书先要论其人。

## [荷事三题]

### 夏 荷

别样风光众不同,赏荷偏爱雨中行。

千张碧叶银珠滚,怎使耕夫不动情?

### 秋 荷

瑟瑟秋风日渐凉,芳华不在叶枯黄。

莫嫌老脸千层皱,来岁依然着盛装。

### 残 荷

百孔千疮犹似网,苍天情断倍凄凉。

鱼儿得意纷纷至,叶下争嬉筛月光。

## [璧南乡村小景]

青瓦砖墙竹翠凤，二郎岗上酒旗红。
梨子无言枝头挂，我醉山光水色中。

## [璧南摘梨即兴]

朝霞吐彩起层涛，远眺云坪气势高。
驱车摘梨二郎岗，精神还比此山豪。

## [答友]

纷纷流俗拜青蚨，独爱芙蓉泥不污。
常倡树人先树德，岂缘创业叹险途。
江湖舟搏千重浪，风雨鸡鸣万卷书。
最是诗心长耿耿，云海鸥旅吟不孤。

## [读仁德贤兄《水调歌头》有寄]

欣逢嘉庆集兹辰，情怀似水写乾坤。

故里芳菲劳梦远，天涯风物入阳春。

羡君彩笔凌云健，赠我词章夺目新。

消尽世间风雪怨，交从文字倍相亲。

谢谢仁兄抬举鼓励我，您是有风骨的诗词家，所以我尊重您，每当读到您的佳构（如《大刀行》），心生豪迈！我是爱好而已，属票友。我们之交自诗词始，一晃十多年，无市俗气，有古贤风，高雅寥廓，这种纯粹可行稳致远。多向您学习，自己去多读多悟。有感觉时借诗词表达，争取有进步。

这次璧山之聚，承蒙您扎起！我心知肚明，我也是在不负先师蒋维世先生之托，用一种情怀在做事。我这趟出差北京、香港，归渝后，再请仁兄小酌！

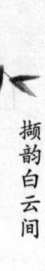

## [己亥"七七"前夕,重读陈仁德君《大刀行》,过渝州南山拜空军坟有赋]

英魂归卧南山久,万壑千山齐拱手。

雄鹰展翅腾云起,义赴沙场为国死。

力障狂澜百战多,卓然只做中流砥。

银鹰翻滚长空寒,悲歌涌喷震关山。

红旗猎猎鼓角壮,哀兵必胜歼敌顽。

于今我吊英雄碑,葱郁南山正芳菲。

几多国仇与家难,前事不忘后事师。

君不见松花江水犹热热,曾留多少英雄血。

又不见七月七日卢沟月,仍照人间千秋烈。

空战丹心万树枫,几度霜浸几度红。

民族脊梁人敬仰,壮士魂安南山峰。

大江东去涛声怒,直挂云帆争飞渡。

今朝再续英雄篇,铜琶铁板复兴路。

附：陈仁德君《大刀行》原韵

## 大刀行

抗战胜利 60 周年之际访台儿庄英雄李宗岱老人于重庆桂花园，听老人言当年战事，历历如在目前，为之感奋动容者良久，归作此篇。

寇氛东来何猖獗，神州陆沉天柱折，一夕烽火遍地燃，映红卢沟桥上月。
雄狮怒吼气如山，百万义军出边关，慷慨高歌大刀曲，不灭倭寇誓不还。
旌旗猎猎日色微，台儿庄上战火飞，枪炮齐鸣风云变，鬼哭狼嚎势可危。
家园转眼成焦土，尸骸枕藉讵可睹，男儿裂眦仰天号，横刀顿作冲冠怒。
为国尽忠掏肝肺，阵前挺出敢死队，三尺刀锋闪寒光，要劈鬼子头颅碎。
队长姓李名宗岱，家本山东烟台外，十九学得武艺成，北方军校少壮派。
是时风静天渐黑，奇兵未许鬼神测，忽如猛虎下山来，大刀翻飞齐杀贼。
宗岱举刀独高呼，宁死不做亡国奴，左砍右劈入敌阵，刀光闪处血模糊。
中有一倭剑出鞘，八嘎呀路哇哇叫，两刃交锋斫有声，生死瞬间信难料。
勇士腾起做鹰姿，凌空舞刀似电驰，一声咔嚓魂已断，污血飞溅湿戎衣。
归罢无暇论战功，又闻村前炮声隆，大刀未磨甲未解，重上战场挫敌锋。
天际漫漫走黄埃，敌弹隔阵忽飞来，一目中弹穿耳出，肝脑涂地何壮哉。
壮哉大难竟不死，辗转救治三千里，陪都新闻传纷纷，独目虎将名遐迩。
丈夫所思在战场，岂甘伤残久卧床，起望中原烽烟远，壁上大刀夜生芒。
挥毫疾书坚请战，独目犹堪赴国难，报仇雪恨死不辞，何况手足尚强健。
库部恤金八百两，分文不受充军饷，临行击楫誓中流，大刀一曲再三唱。

沙场重到战犹烈，阵前白骨纷如雪，八年抗战①不寻常，河山寸寸皆是血。

壮士百战终凯旋，解甲结庐字水边，六十余年如一梦，梦中大刀犹踹跶。

英雄老去人不识，小巷深处独栖息，唯有年年胜利日，倚杖犹能话往昔。

我仰英名如传奇，何幸一瞻松鹤姿，头上点点弹痕在，想见当年血战时。

为我重唱大刀歌，忽如黄河乍扬波，豪气不减出征日，令我慨然泪滂沱。

作于 2005 年

注：①为落实中央关于纪念中国抗日战争暨世界反法西斯战争胜利 70 周年有关精神，加强爱国主义教育，教育部于 2017 年提出将"八年抗战"改为"十四年抗战"。

## [ 京华返渝，作协诸友访兴中，席中畅谈新、旧诗话题，归作此律 ]

案台早备薛涛笔，潇洒挥毫写大千。

笔气纵横浮眼底，墨香淡浓透襟前。

钟情晋唐风骚味，更爱诗词当代篇。

有酒莫教空对月，身在江湖正壮年。

## [车过渝州朝天门大桥]

谁把高天琴一张?繁弦迭奏韵悠长。

烟波东逝浮天地,不舍渝州大乐章。

[己亥仲夏,《一卉流馨》纪念集出版,蒋世鸿兄陪"金剑山"众诗友10人赴璧北王家庵(维世先师墓地)祭扫,心香一炷。时光荏苒,先生跨鹤近一年矣!伫立墓前,远眺缙云山翠绿葱郁,近观盐井河水库澄澈静谧,先生魂归于此,福人福地。清风明月相伴,吟诗填词正宜……归作此律]

湖水无语伴孤岑,翠绕苔阶松柏荫。

夕下诗魂今尚在,烟中碧水恨犹深。

恩师点燃"金剑"火,吾侪秉传仁德心。

杜宇青山情切切,不负前贤启后昆。

## [对镜自题]

蓬发霜丝惊上头,履痕风雨几曾休。

且将炉酒温心血,不许钩沉梦里留。

## [过岳阳重登斯楼寄战友]

书读奇文景览真,归来每忆事犹新。

华章不老存千古,胜况空前历万春。

难写楚才唯缱绻,可歌湘水是精神。

斯楼拷问庙堂客,几个先忧后乐人。

## [过黄河壶口即景]

黄河日夜逐春秋,万丈豪情向九州。

玉带缀珠铺锦绣,陶然一曲画中游。

# 过杭州登钱塘江六和塔有赋并寄施远①吟长

九重天外大江开，吞吐乾坤扑客怀。

浪破千门掀海啸，潮轰万马过山来。

空楼日锁王侯梦，芳草春生烈士哀。

终古烟涛成一曲，群峰为我作歌台。

注：①施远：1997年访美时，我与施远同列公安部代表团出行，相识二十余载矣。

# 江津四面山竹林即景兼怀白屋诗人

峻岭崇山任扎根，绿云白雾共氤氲。

志坚乱石纷纷让，心壮高天节节伸。

常在风中抒韧性，乐为世上吐清氛。

茎行地下贮能量，换取年年气象新。

## [己亥私拜访江津鹤山坪陈独秀旧居]

故国苍茫夜不眠,建党启智《新青年》。

不亢不卑行其道,同志同心抚我弦。

热血满腔明月鉴,冰心一片玉壶悬。

风骨凛凛称独秀,百年中华一伟男。

## [访江津聚奎中学]

江津区文联邀请实地采风书写江津人文新貌,重庆市诗词学会组成采风团队于秋前夕赴帅乡,耕夫忝列其中……

高天朗朗碧无云,秋实书声处处闻。

不负盛名声望远,裁红植绿正纷纷。

## [国庆赴故友相约归来有寄]

山川几曾哑，天籁孰知音。

雨逆迷茫眼，风随坦荡心。

无缘莫低叹，有酒自高吟。

邀得多情友，浩然论古今。

## [秋访大足石刻圆觉洞]

金风玉露秋，览胜豁吟眸。

翠竹轻舒臂，黄莺慢啭喉。

洞容天地景，佛释古今愁。

觉海无边际，虔敬方达幽。

## [题东篱下秋菊]

不随秋叶坠寒塘，偏绕东篱奏乐章。

白绿黄红香一品，餐风沐雨斗严霜。

## [旅途偶拾]

### 一

旅途笔底找余温,似觉东山日尚存。

携本诗书当酒水,栽株绿竹示儿孙。

### 二

生命犹如一叶舟,茫茫大海搏湍流。

暴风疾雨寻常事,亦有阳光为抚柔。

## [乘高铁去昆明偶得]

### 一

阅尽关山作晨征,入帘景物亦宜人。

层峦翠微相招处,浪迹天涯又一村。

### 二

偶听铁龙触轨声,今番又动壮年情。

凝眸云贵窗前景,常作天涯远客行。

## [别焦山]

四十年后访焦山,老兵归来木棉开。

耳闻军歌心头暖,一草一木说情牵。

## [题榴炮三连战友汕头聚会]

弱冠同行细柳门,相逢已是满头银。

谈今犹觉军号在,叙旧频惊世事纷。

岁月无情催野老,桑榆有味慰征人。

戎装卸却丹心耿,战友情深弥久珍。

## [汕头别战友]

广济桥头今又过,风平浪静水无波。

战友汕头频挥手,不厌人生离别多。

## [老友璧南聚谈即景]

### 一

风风雨雨几重山，回首关河道路难。

故里重逢一杯酒，平生甘苦付笑谈。

### 二

人生秉赋本难同，择业随人路路通。

贡献虽然分大小，征程终了说成功。

### 三

驿马奔忙气尚刚，故山环视郁苍苍。

洗尽尘沙还本色，信步芳林赏斜阳。

# [感恩节]

感恩节,由京华至鹏城送泽欣吟长惠州至西湖赴诗词大会,数年前重庆作协一行采风斯地,拜坡公。是夜惊闻莫怀戚文兄仙逝。南粤艳阳灿灿,睹物思人,已匆匆几载……湖边偶拾。

## 一

九曲桥上解人颐,折柳哪堪写艳词。

应是征途添别恨,依依树下说相思。

## 二

我自京华踏云来,胜会南粤仰坡才。

真个西湖湖水美,曲廊尽处满诗苔。

## 三

当年吟友风姿盛,肯买波心一叶舟。

韵事谁曾还记得,无端着笔写温柔。

## [排律·青龙湖]

如诗林色碧，秋韵未阑珊。

徐步湖滨近，家山竹树繁。

虬枝栖宿鸟，曲径见天然。

静谷能明性，花朝可悟禅。

轻风掀旧峡，响雨唱新翻。

但驾轻舟出，碧水正漫澜。

## [新年元日晨读王昌龄]

笔意雄开十万兵，硝烟塞外寄襟情。

汉关瑟瑟霜戈冷，秦月凄凄铁甲明。

圣手从今无绝句，龙标以后少金声。

冲天烽火埋沙去，羯鼓胡笳一喝清。

## [寄武汉友人]

君在疫情焦灼中,此生未忘汉阳逢。

符祈安泰寄君去,楚水巴山十万重。

## [旅途归渝友人送兰草数盆偶拾]

几净盆花次第开,风和日暖影徘徊。

无端种得兰心草,夜夜幽思入梦来。

## [避瘟疫怡心阁夜读偶得]

好读难分夜几更,床头案上总关情。

神游今古五经览,见证沧桑四库行。

车胤囊萤鹏展翼,苏秦刺股雁留声。

耕夫合向云山进,不问云山路几程。

## [抗疫二题]

### 致向武汉疫区逆行的白衣卫士

坐对荧屏泪欲潸，江城病毒虐人寰。

白衣大爱神兵降，合力驱瘟广救援。

### 致李克强总理

抗疫期间履险来，救民绝境万难排。

李公意气凌霄汉，仁者之风勇者怀。

## [璧南铜瓦村池塘即景]

风自悠悠日自斜，一池青草乱开花。

顽童不惧旁人笑，满面污泥捉跳蛙。

# [璧南访春]

## 三合二郎岗访梨园

小径梨花送郁馨,微风缕缕皱青萍。

探幽不觉山行远,一片春声带雨听。

## 东篱下即景

故乡山水长精神,桃李争春满四邻。

布谷呼晴鸠唤雨,清风拂面月窥人。

鸭军列队昂扬过,蛙鼓催耕呐喊频。

最爱堂前双燕子,于无人处转相亲。

# [乡村小住即事]

喜得浮生春日闲,车马不闻少浮喧。

一湾星火船停处,万叠云霞夕照天。

城里邀朋乡里醉,饥来吃饭倦来眠。

暗香已透春消息,更访横斜到水边。

# [东篱花咏]

## 梅花赋

写到梅花性冷清,梅花未必不多情。

孤山戏作萧郎梦,庚岭曾留谪仙程。

铁骨铮铮涵白雪,暗香郁郁远公卿。

撑胸万斛峥嵘气,斗尽寒冰始落英。

## 东篱月季

篱角芽檐意气平,嶙峋棘骨自天生。

衣冠不羡芙蓉笑,肝胆当如玉镜明。

月月有花千自妒,年年无果一生轻。

从来未做黄粱梦,只向墙垣独放荣。

## 东篱菊

一丛花发粲东篱,掬尽情怀老更痴。

纵使香残枯至死,依然紧抱育英枝。

# [晨过璧南立山寺]

僧钟法鼓耳边闻,佛殿荧煌唱梵音。

清梦难回东方白,晨风梳就一天云。

# [东篱咏菊]

满园淡菊翠摇风,更羡争开色不同。

我素喜餐如屈子,君深雅爱似陶公。

清香净得栽培力,冷艳全沾雨露功。

一派幽情堪唱和,愧无佳句寄诗筒。

# [题金佛山古树]

古树何巍然,盘根不计年。

攀空依日月,拔地壮山川。

老干潜龙护,高坡暮鹤眠。

森然称仙木,神异永流传。

## [客旅异乡中秋望月寄怀]

碧海青山万里遥,玉人何处罢吹箫。

寒猿有泪啼三峡,老鹤无声下九霄。

远水荒芦人唤渡,淡烟衰柳客题桥。

可怜一觉繁华梦,多少离情憾不消。

## [夜课偶得]

夜半观书听墨涛,重温李杜见雄豪。

橱中翠玉浮光浅,架上云笺古意高。

方拜仲尼吟礼训,又思屈子诵《离骚》。

忽然兴起忙铺纸,一缕苍烟乱紫毫。

## [茅莱山]

不似缙云绿韵浓,曾经丹崖映晴空。

谁知太古洪荒意,留在璧邑锦绣中。

# [偶拾]

今识闲居趣,清吟兴自浓。

梧桐知韵逸,春草爱诗工。

人在九流外,心游万仞中。

漫寻真味在,未悔误雕虫。

# [遥寄戍边参战战友]

仗剑英姿少年郎,人生最傲着戎装。

边关令沸一腔血,战阵军威五尺枪。

温暖小家轻舍弃,和平大任重担当。

解甲归田终不悔,只愿民安社稷昌。

# [璧山乡村新居]

粉墙黛瓦换篱笆,拔地层楼又一家。

燕子归来迷旧路,低回不敢近窗纱。

## 【访璧南云雾山①茶园】

### 一

细雨轻车过小江,春风笑语入奚囊。

歌诗自古吟时事,文旅今朝访二郎。

### 二

灿灿新茶云雾山,无花更胜有花甜。

翠叶娇枝萌动处,金色一抹着春衫。

### 三

乡村致富共争先,跨马乘风快着鞭。

大好河山重画写,欣看春色漫无边。

注:①云雾山茶园位于重庆市璧山区三合镇二郎村。

# 登金剑山

崔巍金剑山，雄秀璧邑间。

初陟惊心魄，再攀叹绝观。

突兀奇峰现，怪石峭壁悬。

白云冉冉升，潆洄绕丛峦。

翘首望峰顶，碧霄咫尺间。

飞流泻银潢，匹练落深泉。

凉意沁心脾，澄虑忧烦蠲。

众岭满青翠，古树入云端。

鸣蝉并啼鸟，繁响胜管弦。

沧桑神道碑，斑驳说庄严。

碧波水天池，处子静涓涓。

黛瓦白墙处，飞鸟正盘旋。

昔畏行旅苦，今闻笑语喧。

盛世有此兴，登临乐陶然。

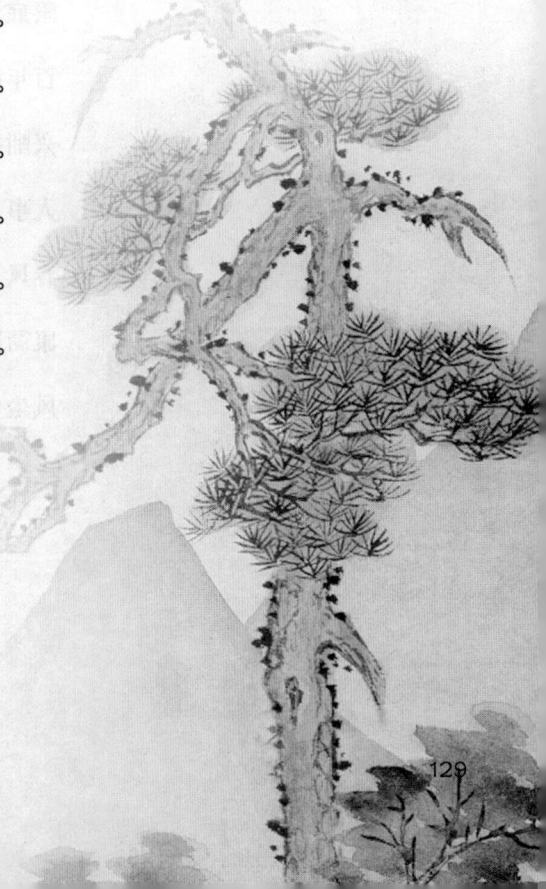

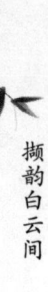

## [庚子东篱下瞭望台放歌]

少年我做戍边郎,戎装凛凛矜昂藏。

今来我乃若处子,朝吟暮哦南北窗。

谈笑一挥四十载,飒然双鬓渐苍苍。

晨曦独眺瞭望台,大江东去烟茫茫。

旧游历历来入梦,江湖哪得便相忘。

东篱老树应识我,木樨已谢犹闻香。

竹楼旧有看云榻,花溪还忆泛月航。

当时赤手兴基业,自言未老莫还乡。

眼底江山凭指顾,胸中幽渺漫张皇。

百年心事付横笛,青春高会吹笙簧。

兴酣掷笔掉头去,一蓑烟雨随麋獐。

人事从来不可量,休将沉醉说悲凉。

春风一换人间世,起看疫除星煌煌。

康衢击壤意飞扬,骅骝道路慨而慷。

风尘一路俱往矣,好试明年春草长。

## [访江津作家协会即赋]

党中央"脱贫攻坚"政策，在我家乡璧山区已硕果累累，"文旅融合"，田园都市、美丽乡村建设正全面推进。

几水自古润精英，联圣千秋播美名。
江上波涛如雪涌，堪教四海仰诗城。

## [璧山初夏即景]

翁媪相携入画廊，夏景真个赛春光。
璧城都在翠色里，影落秀湖入仙乡。

## [璧南乡村立夏晨韵]

落月携星去，朝霞染垄畦。
庭前鸡唱晓，宅后水鸣溪。
露润青青草，晨炊袅袅丝。
乡村腾闹早，不敢误农时。

## [临池有赋]

临池未获一时休,书法频摹仿派流。

气贯行间宜度势,神凝点画贵藏收。

艺坛有路凭新造,学海无涯任远游。

我趁壮岁挥翰墨,横折撇捺写春秋。

## [除夕偶拾]

瓶梅香溢漾书斋,歌舞荧屏乐笑开。

一盏屠苏容我醉,几行诗句迓春来。

回首得失浑无谓,展望前程未许猜。

且把樽罍储美酒,年时好庆紫气回。

## [贺璧南诗词分会成立一周年]

诗苑一丛花灿然,芳香缕缕绕晴川。

欲将春雨润新词,却倩秋风梳旧编。

豪气冲天牛斗界,壮心驰骋白云笺。

骚坛倾尽情多少,直上琼霄月满天。

## [璧南立山寺旁听琴]

共聚立山古寺旁,琴音袅袅带茶香。

拨弹心曲倾银汉,卷送思潮到汉唐。

云为动情频洒雨,树因多感似凝霜。

片时穿越千年梦,顿觉人生况味长。

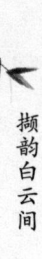

## [庚子夏，凤凰农中同学邀聚缙云山九凤瑶池]

今年夏景胜历年，时光仿佛到从前。

一群同学纯真在，几首老歌意趣鲜。

欢笑声中轻寂寞，别离辞里少缠绵。

江湖相隔何曾远？且待他朝叙旧缘。

## [昆明乘飞机返渝得句（古风）]

古人登华岳，以为天下小。

所立自丘垤，胸襟亦何眇。

我今御风行，飘飘出云表。

云涛五百丈，几处浮峰岛。

长空会晴日，乾坤愈浩渺。

千山惹蚁封，万壑如行潦。

沃野张棋局，江河依带绕。

侧翼暂回旋，天地皆倾倒。

躬耕是男儿，勤勉不可少。

俯瞰渝州城，雨霁风光好。

## [梅江①远眺]

春雨梅江烟水程，笼纱半掩翠微屏。
缘悭合是清秋客，负了诗情共画情。

注：①梅江：璧山母亲河。

## [夏访璧山云雾山]

众岭成城雨抹青，白云相伴作闲行。
吟诗漫步天然阁，洗脚流连滴翠亭。
老树不妨忘日历，小花何必问芳名？
山中随处仙风在，未觉人间宠辱惊。

## [璧山文庙]

圣殿巍峨几百秋，棂星门下岁华流。
霜风半蚀撑云柱，旭日曾辉折桂楼。
空寂丹墀思典则，庄严廊庙忆弦讴。
先师遗训垂千古，一束灵光照九州。

## [旅沈阳感怀]

### 一

五七春秋逝若斯,心情仍似少年时。

长途莫叹多风雨,剪取崎岖入小诗。

### 二

五七春秋弹指过,此生不负此婆娑。

孤山诗梦梅魂洁,四海神交处士多。

自笑吹沙留矍矍,岂因鬓华废吟哦?

我赴东北怀人远,目送飞鸿发浩歌。

## [感怀]

商路崎岖步步营,羞于角逐谢纷争。

劳形案牍穷心计,醉意诗书费目耕。

笔秃常知云锦少,宵寒每恋月波明。

桃笺一写平生快,不计巴人下里声。

## [旅沪喜逢张德福吟长]

### 一

蓦地惊逢咫尺间,华发果是诗词颜。
旅途拜君无他愿,了却相思近两年。

### 二

一别故园近二春,匆匆忙忙喜逢君。
沪上秋月邀我至,杯中黄酒正满斟。

## [晨起偶拾]

浮生如寄在尘寰,半百光阴一指弹。
岂有歌吟酬壮志,曾因时势弃微官。
风华半自忙中老,世态多从乐处观。
且课小孙勤早读,书声迎日上东山。

## [璧南访战友]

羊肠村路意蹉跎,新宅故池鸣鸟多。
放眼青山五色云,依稀流水少年歌。

## [京华赴上海高铁即景]

未见峰峦列成行,一路铁龙赴水乡。
车过运河窥倒影,始知江南女儿妆。

## [夏访璧南李子园]

盈盈香果绕枝藤,红云摇动染绿荫。
商量借取诗家笔,吟出农人欣喜情。

## [南川金佛山即景]

远眺金佛岭缀峰,浮云缥缈影朦胧。

霞光抖落千般景,可看红尘有几重。

## [题武隆芙蓉江]

武陵深处锁龙吟,入世何愁未出名。

只怕红尘污染后,再无碧水洗诗心。

## [山东行吟]

千载文宗千载峨,仰看岱宗俯看河。

秋阳半落鹊华壁,冷月未沉大明波。

怜我唯新添白发,见人怀旧唱红歌。

欲释襟怀听松坐,更把《家训》隔句哦。

## 【拜谒李清照纪念馆】

一

乱离身世老词坛,帘卷西风李易安。

南渡衣冠王导少,断肠烟柳莫凭栏。

二

大笔苍凉女亦雄,渡江人敢颂重瞳。

云涛海雾风鹏举,别有文章太史公。

## 【丰都南天湖逢丰都作协文友】

文坛相识结相知,南天湖畔步韵时。

垂柳摇风栖鸟动,微波侵月曲桥迟。

还吟还诵谁能比,当乐当忧自可期。

华发渐染浑不觉,高情浩气又催诗。

# 【与郑兴海同学游丰都南天湖即景】

柔波潋滟意若何？翠微四面出新歌。

竹泉野思湖前足，梅岭清音雨后多。

偶有诗怀存感慨，总来月色莫蹉跎。

且将笔砚裁风雅，无事更将平仄磨。

# 【读张德福先生十绝有寄】

先生赋闲远尘埃，如莲似梅自在开。

数声清笛穿云表，好风时送妙音来。

高情若云歌十韵，飞珠溅玉巧安排。

鸿篇展读望浦江，我自碌碌愧不才。

文谊因之得阐扬，先生精神称模楷。

金剑吟坛气象殊，抱朴藏拙共蓝图。

博学宏雅侠客君，手展吟旌伟丈夫。

吟鞭一甩三千里，澄怀秋月德不孤。

长河滔滔流不尽，诗心自与唐音近。

铭记十韵鞭策玉，勤读圣贤再奋进。

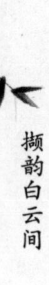

## 【庚子秋感怀】

五七春秋转瞬过,学诗兴业两蹉跎。

卅年①雷雨知音少,半世风云诤友多。

壮岁驭舟踏巨浪,兴来走笔写奔波。

秋阳还数东篱好,漫对青山发浩歌。

注:①卅年:我17岁开始从军,今年57岁矣。

## 【庚子京华瑞雪登居庸关】

足踩轻云手触天,狂情聊发上雄关。

龙腾虎跃炎黄势,烽卷烟飞血火篇。

骨肉铸成遥万里,史诗唱彻越千年。

老兵犹听豺狼啸,铁壁思添一块砖。

# [踏歌敦煌]

庚子秋,中华诗词学会、酒泉市人民政府在敦煌举办"文化圣殿·人类敦煌"玉门关诗词周活动,我应邀忝列采风。在"飞天"的故乡敦煌,踏歌行吟,得数韵。

### 敦煌戈壁即景

古今词客总癫狂,吐纳雄风任嚣张。
忽忆前贤留锦句,驼铃韵味最悠长。

### 敦煌诗会即赋

抬眼吟旌或可寻,敦煌相与伯牙琴。
阳关古道皆心颂,大汉衣冠举世钦。
莫讶和弦音促促,还惊岁月逝骎骎。
祁连山麓风光好,煮酒诗雄许共斟。

### 敦煌诗会即赋

边陲重镇久心仪,酬愿应叹造访迟。
大漠亦曾萦幻梦,人生每道劫为师。
论诗赴践骚坛约,写景平添两鬓丝。
一曲放歌将进酒,长风万里正当时。

## [庚子中秋渝州无月夜读]

文山跋涉观天地，史海钩沉望古今。

好是名贤歌咏处，登临凭吊操余音。

## [入伍四十年湘中战友邀聚有赠]

一别军营四十秋，物华冉冉水东流。

云山路隔疏音讯，湘水波欢挽客留。

梦里朱颜犹少壮，座中白首已退休。

何期千里重逢日，笑看洞庭湖上舟。

## [岳阳楼即景]

卅年三上岳阳楼，有幸欣逢几度修。

八角亭台更旧景，千秋绝唱尽新讴。

云山有趣王维画，风月无边李白舟。

留得希文豪句在，常将忧乐注心头。

# 【许大立君再次邀饮七星岗临轩即兴口占】

大立白发翁，善怀似春风。

文学大纛举，骚客赴渝中。

把盏通远门，霓虹一望收。

席上多豪英，耕夫末座羞。

江湖有逸事，文坛酒一杯。

世事如云淡，相逢意趣悠。

桌前吴向阳，恍若欧阳修。

李钢身俊朗，谈吐若洪钟。

广庆面羞涩，黑啤一口冲。

何总娉婷婷，秋波送诸公。

席间少言语，相约都整疯，

万俊邻旁座，儒雅言不衷。

《夜雨》有殊荣，紫气大道通。

相约瑶池聚，吾侪展神功。

休言文学事，桃李正春风。

## [访汨罗会诗友]

### 一

误进骚坛悔已迟，清风明月最相知。

文唯正雅称雄美，书尚研磨得俊姿。

半世辛劳缝铠甲，一窗烛火秉矜持。

汨罗今更吟旌展，长啸中兴最入时。

### 二

少年戎马度春秋，解甲归来渐白头。

勤展银笺临晋帖，欣将湘管代吴钩。

人生但觉披书乐，酒韵唯如驾鲤游。

吾爱屈原高格调，行吟《天问》自风流。

## [辛丑迎春温泉汤池沐浴偶拾]

历尽星回临改岁，兰汤浴罢觉身轻。

一年诗债如尘垢，洗去还来总不清。

## [杂感]

### 一

高楼独上倚冬寒，一俯尘寰眼界宽。

沧海孰呼明月起，神山多被白云瞒。

空林乌鹊声初寂，大泽虬龙影暗蟠。

疫后太平真盛世，沉沉酣梦万家安。

### 二

踏遍江南与塞北，中年心境怯雄谈。

一杯在手消磨易，万绪缠头解脱难。

驿马江湖期宿暖，龙蛇走笔耐宵寒。

儿时瑰梦浑忘却，参透人生苦却甘。

## [致诗家平川侠客]

金剑久已仰张郎，路隔三千连一江。

何日诗绳系我手，再拜雅范品华章。

## [璧南乡村除夕即景]

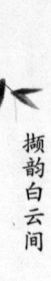

### 一

闪烁繁星不夜空,声声爆竹入高穹。

堂前一尺松柴火,一夕光明照屚红。

### 二

老翁须发已白斑,背负孙儿仔细看。

巧剪窗花三色纸,双鱼蝙蝠报平安。

### 三

户户弦声祝有秋,大红春贴遍新楼。

豪怀不惧千杯酒,醉向晨曦绿锦畴。

## [寄友]

常思故里话渝州,夜雨巴山几唱酬。

屡变沧桑人未老,嘉陵江水正东流。

## 【春节返家陪母】

草草杯盘语笑融,倚间人喜聚飘蓬。

鬓丝别后添霜白,灯蕊宵来结豆红。

衣上情牵慈母线,江间帆借大王风。

归思细数圆缺月,几处乡心一处同。


## 【东篱述怀】

事业艰难[①]人共吁,春风春雨近何如?

马逢伯乐行方捷,车载冯驩眉未舒。

为有痴心图进取,还留泪迹谢扬揄。

此生总怕虚名误,故把风涛作坦途。

注:①事业艰难:我从事装备研发制造近30年。

## [璧南问梅]

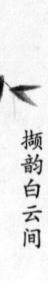

梅香扰梦不成诗,再聚佳期待几时?
我把相思和酒煮,昏天烂醉有谁知?

## [迎新年]

几多心事托来朝,满眼山花伴寂寥。
梅蕊生成春气象,幽泉泻汇大波涛。
民多嘉惠添欢乐,国有新贤说舜尧。
祈愿牛年牛气足,层楼更上步新高。

## [春眺]

日晕平湖丽水佳,柳风凫鹜漾襟怀。
舒眉一笑三千里,顿洗尘心去翳霾。

## [悼袁隆平先生]

当世神农去堂堂,五月小满草木长。
大德高行宜寿考,光风霁月著文章。
劬劳田畴济沧海,老去心声入混茫。
平生忧乐关天下,亿兆悲泪洒南窗。

## [璧山秀湖漫步]

秀湖信步沐春阳,满眼生机呈景光。
柔水湖中摇翠碧,柳芽枝上泛初黄。
堤边遥看三分绿,风里欣闻一脉香。
最是惹人情动处,水街暖日晒鸳鸯。

## [璧南春恋]

春暖璧南三月风,梅江碧水映花容。
痴心愿作多情贼,偷点香痕到梦中。

## [悼诗人张华]

我正金剑①采兰芷，忽闻张华别尘世。

倚桥望水心茫然，眼中含泪面如纸。

十八年前识先生，说文论诗忆前缘。

缪斯路上相交诚，谦谦君子引路人。

先秦后汉声朗朗，登门传道识云烟。

吟诵名篇皆精辟，敬意由衷众肃然。

我赠先生行吟卷，先生殷勤推专版。

艺文道德两清高，渝州文坛纷竖指。

诗歌散文艺高格，先生才是真豪杰。

艺心常在俗眼外，常有神笔起嵈磖。

以笔作剑舞文诗，风流尽在灵秀里。

山泉嚷嚷总翻腾，巨流无语蕴含深。

扶持新人播文德，《作家视野》苦耕耘。

真知灼见娓娓出，不做登高大呼人。

布衣一介真儒者，勤从尺间育珠蚌。

君子文坛多昂语，应有成竹在腕底。

锦章丽句入毫端，不让胸田出荆杞。

每与先生一相晤，归来恭谨理门户。

勿学武陵浅涉人，应追鹏翻高天翥。

先生一去何急骤，令我文坛失锦绣。

亦曾相约踏春计，"新冠"折腾难遂意。

相逢"嘉瑞[2]"寥寥语，忽闻先生跨鹤去。

我奔江南殡仪馆，仰望遗容心起伏。

先生风范足长存，聊以松杉代香烛。

天堂亦有书案在，放纵高吟会苏辛。

注：①金剑，即重庆市璧山区金剑山。诗词学会曾冠此名。

②嘉瑞：嘉瑞酒店，位于重庆市九龙坡区。

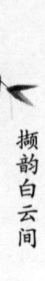

## [辛丑元宵匆匆由湘返渝寄故人]

分襟怅望片云孤，燕树远遮溪影无。

自在娇莺频度曲，苍茫贪夜忆围炉。

无诗侑酒书空咄，有酒催诗待价沽。

笑我痴如刘十九，几时酪酊再倾壶。

## [璧南访春]

正是春风畅快时，爽朗天地莫如斯。

诗人笔下千般意，飞上花香哪一枝。

## [偶拾]

花香三月最温柔，长使春心浩不收。

旖旎情怀昏入梦，叮咛言语总含羞。

书多旧迹愁重检，路是曾经懒更游。

万一蓬山偶相见，只宜冷暖各心头。

## 怡心阁寻诗

耕夫近年脑呆痴，检仄调平下笔迟。
故纸堆中寻哲理，知音群里探新奇。
平生最爱惊人句，数载难工醒世词。
明月升空深夜静，孤灯一盏好磨诗。

## 璧南夏夜

一钩新月挂中天，闪闪孤星吻月尖。
岂是沾光附凤尾，疑为游子别亲难。

## 六十自题

岁月催人花甲龄，风尘牛马短长亭。
居然劬力忙中乐，纵是贪杯醉更醒。
勤学诗文闲读史，常邀少长共谈经。
酸甜苦辣心尝尽，笑对丹青养性灵。

## [建党百年祝辞]

### 一

行行万里记行行,风雨长征百年程。

远瞩海天图国是,一轮红日看潮生。

### 二

大道之行主义真,悠悠历史与时新。

经邦上计民为主,导向扬旗赖有人。

### 三

百年忧患首重回,险阻艰难志不移。

时代风云方激荡,神龙天骄待雄飞。

### 四

筚路长征一百年,沉沉足道印悲欢。

参透真言须记取,启后承先大略开。

## 五

党人聚议壮图开,攻坚脱贫赖卓裁。

相近相亲乃常理,民族复兴致和谐。

## 六

黄河浩荡长江长,哺育中华万里疆。

更纳百川千壑水,奔腾直入太平洋。

## [ 清明祭亲 ]

率儿孙跪祭家婆、阿公、父亲、舅父坟头。

携来家酿尚余温,岂入桃源世外行?

枝上花飞残有迹,坟头草没祭无痕。

常牵慈影萦心魄,总念亲恩感梦魂。

但借清明时节雨,潇潇和泪洗乾坤。

## [璧南登云坪农家夏饮]

忽见娇荷对户开，红云沉处泛香腮。

一杯在手中宵夜，为待清风水上来。

## [乡村初秋]

农家收割惜余晖，一路鸡豚自入围。

蓁径风摇蛙跃水，林塘犬吠识人归。

## [辛丑端午听音乐会偶拾]

一曲《江河水》，三生凄婉吟。

空山人踏石，野浦月沉金。

倦羽寒栖远，前方雨巷深。

红尘期渺渺，煎迫壮年心。

## [过金陵]

### 一

秦淮柳色绕风尘,遥望金陵万里新。

红尘过客沧桑远,耕夫来做远游人。

### 二

云霞一抹一川诗,次第山峦屡出奇。

商旅身单君莫笑,风光每在独行时。

## [辛丑夏璧南雨后初晴]

雨后山光格外明,白烟袅袅翠微横。

乡间陌野尘埃净,溪畔林中图画清。

鸟雀频频歌伴舞,青蛙阵阵曲传情。

眺望缙云丹青色,不禁挥毫把韵耕。

## [立秋后喜降霖雨]

敲醒旧梦濯风尘,立秋霖雨胜逢春。

珠玉渐开凉境界,韶华剔亮醉吟人。

## [怡心阁偶得]

不耽烟牌非无嗜,薄有藏书足可亲。

风月山川开昧眼,文章道德指迷津。

明几击节浑忘我,静夜探疑每出神。

甚解难求犹一得,即堪欢舞返童真。

## [诗友小聚]

乐山乐水怡天年，文缘相聚岂偶然？

诗柘清新情自逸，书臻豪迈意当先。

桃南宗北知多少，追古思今感万千。

倘得神游超物外，从容佳趣落君前。

## [丁中同学会别后有寄]

### 一

邂逅故园初夏时，匆匆聚散两依依。

此后萍踪休问讯，满怀惆怅对生离。

### 二

别后何期重聚首，豪情蜜意信绸缪。

团圆皎洁渝州月，照影成双银汉秋。

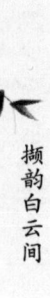

## [丁中校园忆]

回思往事动心弦,情窦初开正少年。
展笑凝眸嬉草地,含羞倚背对云天。
校园曾奏玲珑曲,笺上同吟缱绻篇。
不了情怀欺我老,卅年一梦亦酣然。

## [丁中四十年同学聚会]

同窗初夏聚农家,深竹柔桑岁已遐。
犹忆当年手牵手,童谣唱醒马兰花。

## [致平川侠客诗翁]

我赴京华君返沪,阔论高谈通诗路。
暂借侠客凌云笔,无限秋光笺上驻。

## [璧南雨霁眺缙云山]

雨霁初秋山色翠，烟岚缭绕秀峰妖。
云天相映一帧画，惹我庸才也折腰。

## [秋日旅途偶得]

斑斓秋色好题诗，借得江淹笔一支。
信手狂书三万句，开怀痛饮五千卮。
邀来仙鹤添灵气，写到惊鸿似故知。
莫对苍天嗟命舛，苍天虽老不言私。

## [五一节东篱独坐]

一念溪山久未知，寄身人海苦相持。
我来浑忘沾花事，坐到云涛欲尽时。

## [秋日偶拾]

商务尘外偷日闲，云淡风和九月天。
红萼落时风微紫，白云散后天愈蓝。
心离案牍如春草，人在榭桥看柳绵。
欣喜相逢总不语，已因梦魂已翩然。

## [中秋偶拾]

今岁中秋花愈明，娇人逸态远相迎。
风尘几度吟边过，笔砚经年物外行。
分翠烟霞知水阔，霜染意气逐云轻。
当时李杜回肠句，可计悠悠身后名。

## [穿越永川竹海]

辛丑初秋,少年窗友五人,肖宗明、钟传佳、胡庆云、毛德友与我相约徒步穿越永川竹海,归后有寄。

翡翠长廊迤逦开,丛篁深处隐楼台。
蔽空浮碧蒸岚气,返照筛金洒石苔。
天籁潇潇迎面起,幽香淡淡伴风来。
攀途恰似人生路,起伏崎岖放胆怀。

## [中秋后贵州李云贵、罗跃祥战友到访有寄]

秋季朋来不必邀,晴云时出酒三瓢。
此留妙语知音识,尚忆芳华得趣聊。
昔日素心犹耿耿,而今壮志且迢迢。
一番仗剑南疆去,华发临风意未消。

## [秋兴二题]

### 一

疏林日暮淡烟遮,杨柳风高雁字斜。

最爱山前霜后叶,怡人红不让春花。

### 二

已是东篱菊灿时,池荷半倒露珠垂。

疏藤未觉秋花老,犹吐长须欲上枝。

[敲诗小忆]

琢玉雕珠越万天,韵华易逝似流泉。

书山莽莽杖藜策,网海茫茫帆影悬。

与月无眠商雅韵,同花有梦酿佳篇。

亦痴亦醉风骚弄,谁解情如铁石坚?

[诗酒缘]

壮年纵是鬓飞霜,却喜离骚与杜康。

吟咏有如除病药,唱酬胜似养生方。

沽来绿蚁邀新旧,围坐红炉论短长。

肚大①却愁无好句,无须捻断不成章。

注:①著名作家黄济人写实于我——肚大如坛。

## [广阳坝即景]

名播渝州惹人来,浓淡弥香醉不猜。
料是东君知我意,如霞似锦任心裁。

## [即景秋夜]

瑟瑟柔风送晚凉,庭阶小坐读星光。
一樽浊酒箫声远,几点流萤夜色茫。
渝州已然景悦目,巴山可有雁成行。
诚知月到中秋满,何必余叹更漏长?

## [抒怀]

遥瞻前路尚嶔崎,岂畏关津处处歧?
鹓鹢高低供晚望,触蛮胜负助谈资。
一泓海水曾经处,万点星光野宿时。
为道商场风雨骤,淋漓畅好涤征衣。

# [夏访战友未遇]

古树溪边浪自喧,白云无语绕山前。
你着戎装深山去,待汝归来付酒钱。

# [客里吟秋]

廓清气朗野无烟,秋水长天一色连。
离绪常萦枫岭烈,乡心每绕菊篱鲜。
四围风咏欧阳赋,九辩声悲宋玉篇。
项目佳音频幸际,情牵征雁海云边。

# [秋事]

长空雁尽满襟秋,红叶吟笺寄远舟。
层雾初开山有色,重云轻散愿无愁。
弱枝不惧寒霜降,柔骨何妨细雨稠?
待得艳阳高照日,与卿把盏说风流。

## [感赋]

### 一

碌碌尘劳感慨多，浮生装备费蹉跎。

支离岁月忙中老，烂漫春光愁里过。

间有豪情常试笔，每逢清兴亦高歌。

江山纵览登临日，一抹斜阳照逝波。

### 二

风物长宜放眼量，今年花好胜从前。

不随野鹜嗤鹏翼，敢效先贤著祖鞭。

剩有吟情清似水，愧无健笔大如椽。

高歌一曲君休笑，旭日朝霞正满天。

## [退役军人]

风华正茂进军营，脱了戎装仍是兵。

奏凯何须喧笳鼓，青山作证见坚贞。

# [偶拾]

## 一

不是诗人却爱诗,诗中清趣亦微知。

陶情冶性商余后,咏志书怀兴发时。

一字神来狂若舞,三年句涩闷如痴。

功夫诗外潜心学,老竹新松皆我师。

## 二

历尽沧桑道未穷,艰难创业有谁同?

欲狂风雨终无力,学赋凌云惜不工。

壮岁襟怀曾跌荡,少年诗笔欠沉雄。

知交老去渐成鬼,两鬓秋霜满镜中。

## 三

四十年来步未停,奔劳何必说曾经?

洞明世事犹装傻,不欠人情心自宁。

鸿影形孤谁体会,鸡声夜半我聆听。

壮岁白发存信念,晨操遥眺启明星。

## 【诗路回首吟】

缀玉联珠越卅年，磨光刮垢得浑圆。

书山蕴藉风神隽，网海苍茫日月悬。

听雨无眠敲雅韵，拈花有梦续新篇。

亦痴亦醉谁扶我，李杜苏辛语耳边。


## 【旅途遣怀】

卅年创业任消磨，利禄功名值几何？

自古红尘高节少，从来玉宇苦寒多。

安身岂可亏人品，处世焉能逐浪波？

一肩风霜心常坦，京华传捷发浩歌[①]。

注：①某部装备项目中标盾之王，在竞争中力挫群雄，全国夺冠。

## [诗趣]

诗心共云闲，渚鹤向云间。
阅尽风尘后，终究看远山。

## [秋夜]

月满夜沉沉，鸣虫作对吟。
浑然无梦欲，却有暗香临。
此际宜诗酒，谁来侍古琴？
花前思李白，只觉负秋心。

## [重阳偶拾]

金乌玉兔转如轮，倏瞬耕夫花甲人。
一段秋心浑作茧，百年世路易成尘。
霜风漫舞清音断，梦象难描粉墨新。
我欲登高何处去，东篱把盏蕴精神。

## [璧南拾春]

### 一

几树桃花几竹林，盘陀小径绕乡村。

孙女斗草回回胜，阿婆唤归全不闻。

### 二

依旧春花丘峦间，家山照影只云天。

我来一笑容颜改，日月长流五十年。

### 三

自笑癫狂一诗虫，碌劳犹唱大江东。

每于春爽登高望，检校青山十万重。

## [自题]

白驹长向隙间过，荏苒年华去也多。
闲后有时评北苑，愁来无梦寄南柯。
昼耘装备事蒙养，夜躲书斋习咏哦。
幸得璧南一席地，让人击壤纵情歌。

## [璧南健龙乡寻赏桃花有赋]

香断寒梅绽早霞，春风万树属桃华。
朱唇粉靥迎惊蛰，坠月垂虹听怒蛙。
纨扇凝贞堪警士，门符食鬼好驱邪。
情浓总被群芳妒，浪说人间薄命花。

## [张家界远眺]

乍消炎暑畅人怀，蓊郁崚嶒画卷开。
山外滔滔洪水肆，临风长忆禹王台。

## [偶拾]

似水流年挽亦难,牵情往事一般般。

壮心未肯随岁老,健骨岂甘守岁残?

每向春华寻讯息,不叹落叶倚栏杆。

常将晚景当朝景,爱上层楼带笑看。

## [春夜偶拾]

壮岁屐痕几欲寻,春光明媚逗诗心。

清词一阕情牵我,紫砚半方闲置今。

同好堪倾司马笔,知音怕负伯牙琴。

忙碌装备难回首,冷月无声夜渐深。

## [壬寅清明拜南山空军烈士墓]

碧血晶莹泪不干,至今长空声犹寒。

春风一抹千山绿,扶起英雄带笑看。

# [自题]

无边岁月堂堂去,铅椠生涯老更忙。

自分读书非种子,何曾辣手著文章。

闭门惭问风云会,对镜深知鬓渐苍。

匹马挽弓期射虎,壮岁聊发少年狂。

# [五一访万盛黑山谷]

众岭成城雨抹青,白云相伴作闲行。

吟诗漫步天然阁,洗脚流连滴翠亭。

老树已然忘日历,小花何必问芳名?

山中随处仙风在,不为人间宠辱惊。

# [旅珠海横琴海边漫步]

海岸蜿蜒浪拍崖,和风轻拂路傍花。

心随鸥鹭自由舞,目接云天绚丽霞。

# [自题]

世出农门性不丢，天生耿介志难酬。

忌听蛙黾塘中噪，大话浮萍水下流。

舌拙常拿文笔补，心高可有鹄心收。

一轮花甲等闲度，唯爱吟哦泛泛游。

# [夹江别表兄德曦①]

拂衣风瑟瑟，催我返渝州。

表兄已无语，离人正满愁。

山青何日复，意暖此时休。

怅别双行泪，君前不忍流。

注：①吾离夹江两小时，德曦表兄仙逝……

# [旅京华拜谒曹雪纪念馆①]

断肠红楼久，今游黄叶村。

衡门栖野巷，颓院木成荫。

溪水芹麻长，老槐歪茎伸。

石桥通退谷，小道柳烟深。

芹圃当年路，往来救世身。

广陵成旧梦，秦淮月已沦。

耻奏长铗曲，羞逐肥马尘。

贱贫难易志，自有岁寒心。

东壁蓬蒿短，西窗风雨昏。

燃灯十数载，血泪著鸿文。

宝镜凝风月，天石落难寻。

巧将真事隐，幻化假言存。

雪芹亲所历，细绘留本真。

亘古奇书在，灵光照世人。

几回轻抚卷，瞑目苦思忖。

我行敬遗迹，仰止故居新。

虔诚拜高贤，常谒沐清芬。

注：①曹雪纪念馆位于北京植物园黄叶村。

## [答友]

江湖渐远不闻涛，且沐烟霞染素袍。

锈剑偶来松下舞，旧琴时向月中操。

漫将玉露浇诗梦，任凭霜花饰鬓毛。

眼里青山多落落，云心鹤影亦风骚。

## [题长顺"中华第一银杏"①]

华盖葳蕤势不同，长顺神树早化龙。

悠悠岁月虬枝茂，郁郁云天翠叶崇。

美誉传情飘四海，香醇寄意叩三躬。

树龄已近五千载，耸立如初傲宇穹。

注：①银杏树专家考证有4760年树龄，在贵州省黔南州长顺县。

# [壬寅中秋寄怀]

怡心阁里静无音,恰有诗词伴共吟。

西岭泼青堪入画,东篱垂绿可眠琴。

每当月朗书常阅,但值花香酒便斟。

悟得盈虚消长理,不妨与世罢浮沉。


# [由鲁至沪高铁上答诗友]

西窗竹影对黄昏,一自新痕覆旧痕。

但得风霜洗尘面,留将意气葆余温。

于秋落处归云径,待菊开时向远村。

莫笑耕夫山外客,偷闲买醉在柴门。


# [别归]

轻岚细语渐朦胧,远了仙山雾几重。

携将三分清冽气,长留梦在层峦中。

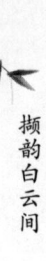

## [怀德战友返乡喜聚即赋]

军营握别久相思,把盛樽前未暮迟。
话向红尘多感慨,情随苍鬓悟兴衰。
欣存一梦酒中醉,莫负初衷物外持。
琐事忙碌抛脑后,且将酩酊作无期。

## [晨起,家乡雪花飘飘]

昨宵细雨迎佳客,拂晓随风曼妙来。
朵朵压枝啼玉树,团团扑面吻香腮。
不留浩宇千般影,却洗凡尘万里埃。
装点山河挥手去,化成春水润花开。

## [璧南秋日即兴]

秋风落叶满庭台,东篱小园幼菊开。
千里婵娟明月夜,蓬门鹊噪故人来。

## [夜饮常德]

窗外青山映碧溪,楼头煮芋又煮鸡。

战友把盏旋如故,醉客谈诗更入迷。

游兴浓嫌村酒淡,笑声高怨夕阳低。

此情此日可追忆,几处吟笺月下题。

## [商旅拾句]

### 过湘水

短梦尤惊问鬼神,呜呜鹏鸟不留人。

悠悠湘水深情看,似听贾生论过秦。

### 过岳阳

范公未到岳阳楼,慧眼观图可寄忧。

笑我今朝得一乐,洞庭湖畔试吟秋。

### 过黄鹤楼

千载白云千载悠,斯楼应运几重修。

盛衰兴废凭谁说,只见长江日夜流。

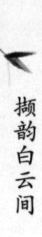

## [渝州会友兼寄仁德吟长]

久别重逢偿夙缘,白云苍狗话当年。
鬓霜已觉韶华逝,杯满方知友谊牵。
翰墨立身名已显,诗书明道智方圆。
人生快意多知己,醉卧南山胜谪仙。

## [常德拾句]

### 一

漫步江廊夜色迷,流波不复辨东西。
诗墙无语存灵字,一城风月酒边栖。

### 二

解道桃源缱绻诗,不知魏晋正宜时。
江风未老还吹梦,隔岸灯笼醒客迟。

### 三

画里乡村气象殊,一湾秋水映瓦庐。
枫丹别有诗情在,半月塘边影自疏。

## [璧山喜聚怀德战友一行有寄]

### 一

远寻芳草思骚客,心仰战友明月心。

此夜璧山弹古曲,静听山水有清音。

### 二

笔底久腾江海声,如今一放在璧城。

明朝鼓得离骚曲,抱酒携琴伴君行。

### 三

战友之歌传正声,倚君明月照璧城。

岭上白云知有意,夜入梅江逐梦行。

## [东篱偶拾]

### 一

诗债情如百丈牵,倦来只是拥书眠。

丹枫似火湖风暖,我负秋光又一年。

### 二

卅载耕耘够苦辛,草根创业注全神。

青衫不脱心无愧,黑发侵霜志正伸。

吟稿堆箱姑换酒,藏书满架孰言贫?

耕夫抖擞焕中岁,劈浪扬帆再问津。

# [商旅途中偶拾]

一

白云如海复如棉,虚幻真成相万千。

此际周郎心眼异,瞟它武陵几顽砖。

二

上蓝下白两茫茫,白是云天蓝海洋。

脱得红尘千万来,乃知颠倒是寻常。

## [东篱菊]

一丛花发璨东篱，掬尽情怀老更痴。
纵使香残枯至死，依然紧抱育英枝。

## [再读《水浒》]

三万里梁山浩荡，五千年水泊苍茫。
宋江原是功名客，聚义厅成忠义堂。

## [常德拜会卞照舫老团长]

沅江岸边酒一杯，不老岁月笑声飞，
卅年往事从头说，半生风霜绕鬓归。
漫忆军旅论故旧，还将老健惜腰围。
依依话别情难忍，手把车窗款款挥。

[感赋]

一

无奈东风弄柳斜,乱红飞尽老春华。
含情欲问枝头燕,底事偏归王谢家。

二

四十年来江海情,尚余狂放向酩酊。
三杯钟动心犹壮,一卷灯昏诗漫成。
秋夜深情访旧雨,白鹅兴起唤黄庭。
今宵又见窗前月,碧波浮云几点星。

[寄友竹枝词]

三月渝州遍地花,花荫浓处是卿家。
门前春水无情过,月下扁舟有意斜。

## [恭贺刘成图吟长晋寿八秩]

骚林老树健繁昌,珠玉铿锵耀璧煌。

八十春秋恒缱绻,三千昼夜貌精良。

诗坛奋笔耕耘岁,墨海挥毫劳作长。

种德修身施善乐,夕阳泛彩秀霓裳。

## [沪上相逢平川侠客吟长]

久读佳篇驱冬寒,文章千古会心艰。

襟怀我自推元亮,风骨人争重建安。

学问深时精格律,性灵真处见心肝。

先生人品即诗品,华发仙风且尽欢。

撷韵白云间

# 「词」

## [水调歌头·蜀道剑门关]

乙未初夏,中国西部散文论坛在古利州广元召开,应邀采风古蜀道,登剑门关……

散文论坛约,拜会剑门关。清风荡漾山野,一路笑登攀。雅集古蜀道上,体验采风乐趣,撷韵白云间。最要豁眸处,更得上峰巅。

明月峡,昭化城,翠廊弯。松柏挺拔,峥嵘气势足怡颜。遥指山川胜境,追忆先贤旧事,沧海易桑田。回顾过来路,险峻不须看。

## [鹧鸪天·秋朗洛杉矶]

乌鹊翻飞逐朝霞,风吹楼影有人家。素娥摆棹船催浪,嫩蕊流香蝶恋花。

三碗酒,一壶茶。沧桑往事漫咨嗟。悠悠亘古大洋水,故园青山云外斜。

## [鹧鸪天·黔江采风寄感]

丈夫半百走黔江,抛书犁耙正秋寒。雁来纵是江南绿,花绽不留昨日鲜。

云出岫,月移栏。沧桑历尽几悲欢。东君不许冰心老,甩响吟鞭路八千。

## [清平乐·东篱暮春寄人]

留春不住，伫立香行处。雨后残红铺满路，零落新愁无数。

湖边昨日桃花，随波荡尽芳华。我嘱多情明月，伴君一路天涯。

## [桂殿秋·丙申清明忆舅父]

频回首，步匆匆，当时景物好朦胧。趋前欲语声凝咽，相对分明见旧容。

惊觉后，泪蒙蒙，隔墙冷雨五更风。黄泉信否皆虚妄？倚尽窗棂百感中。

## [临江仙·乙未立秋日题澄江抚仙湖]

如入瑶池如入画，轻舟荡漾爽风悠。风清浪细宜行舟。吟朋诗兴起，唱醒一湖幽。

叠翠山环留情影，时今又报初秋。炎炎酷暑顿时收。若寻佳去处，此境足风流。

## [如梦令·走进黔江]

草木葱茏葳蕤，满目青山流翠。邀绿共盈觞，涤尽一身疲惫。酣醉，酣醉，扯片云儿盖被。

## [浣溪沙·洛杉矶清晨试笔]

细品诗书到夜阑，翻然人醉百花间。醒来犹忆梅江湾。

乱绪丝丝萦往事，朝霞缕缕照回栏。窗前唯有雀追欢。

## [行香子·丙申春赏花]

穿过丘峦，缓步山阶。觅清芬，莫惜新鞋。嫣然深浅，何许多猜。俱雪儿魂，蝶儿翼，梅儿腮。

半坡红粉，不染尘埃。谢东风，妙剪精裁。将春明媚，一镜收来。便消疲劳，生情趣，解幽怀。

## [念奴娇·忆抗日璧山空战]

神州炙日，恨天低渝都璧邑，欲云雷裂。千里狼烟飞敌血，看取青山如铁。兄弟同心，山河沉陆，自把阋墙歇。访英雄迹，壮士归处风咽。

七十余载烽烟，凭君用意，回首沧桑月。秋水含悲松竹老，靖国鬼灯明灭。甲午今逢，人怀昔梦，青史难评说。信丹忱古，擎刀堪补天缺。

## [金缕曲·抗战七十周年胜利日拜谒重庆南山空军坟]

又见中秋月，七十年，风云飞过，几多圆缺。陪都城头空战切，十万苍生喋血，怎忘却，人寰惨绝，倭寇兽兵如虎豹，噬黎民白骨纷如雪。吊英魂，泪千叠。

而今光复神州业，看亚东，新猷特色，凤龙腾越。回首沧桑思绪绕，难遏肝肠愁结。防战火，东条灰热。眼底杜鹃还有恨，况炎黄一脉肌肤切。悼旧事，愤犹烈。

丙申秋，黔江区委、区政府邀作家走进黔江，感悟民族风情、黔江人文。为黔江旅游上档升级鼓与呼。中国散文学会、鲁迅文学院、《民族文学》、《重庆晚报》、《散文家》编辑部同赴黔江采风，赋之。

## [江城子·夜访黔江]

清秋湖水夜无烟。行步道，水浪翻。野鹭归巢，醉了洞庭仙。爽爽凉风人与共。明月在，自悠闲。

嫦娥曼舞下云端。踏歌翩，耀城前。倒影凌波，风送曲绵绵。上下星光成一统，疑此景，是人间。

## [贺新郎·黔江山中记事]

相约何时好？待秋来，云横天际，叶黄山道。一袭紫衣林中去，不忘蛾眉轻扫。临蒲水，桨声缭绕。为觅唧唧鸣蛩处，却闻香不识无名草。摘几片，指间绕。

岚烟生处辟峰缈。到廊桥，竹枝击节，逆风长啸。已向东篱寻旧客，又向红枫醉倒。谁共我，樽前侧帽。嫁与青山何须劝，更不可劳司马瑶琴挑。持卮酒，对归鸟。

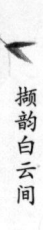

## [南乡子·初秋访黔江]

又是一年秋,斜月无声坠碧流。几个黄昏新过雨,登楼,点点凉风向晚柔。

万念起心头,杂事抛开即自由。待到明朝武陵去,悠游,红叶采来不寄愁。

## [临江仙·黔江大峡谷]

人间都羡观音好,崖畔慈颜从容。回声台上又相逢,素笺酥手送,字字溢情浓。

胆寒心惊栈道上,峡谷风光朦胧。无端笔诉五更风,案前云鬓湿,窗外早霞红。

## [巫山一段云·黔江大峡谷]

栈道随峰转,危崖鬼斧工。青松茵嶂郁葱葱,耸峙逼苍穹。

峡谷游慈航,观音禅径通。炊烟袅袅彩霞红,采风行色匆。

## [行香子·黔江行]

树绕村庄，鸭噪池塘。倚东风，喜气洋洋。农家小院，收尽秋光。有莺儿啼，狗儿舞，雀儿翔。

济济商场，沸沸茶坊。步街衢，夜景徜徉，土家宴上，醉酒心觞。听歌声起，人声乐，曲声扬。

## [鹧鸪天]

幼小读诗悟乐欢，而今敲韵月斜天。一梨烟雨耕春早，初晓清歌唱鸟先。

东篱下，柳溪边。霞云暂借作吟笺。藏獒欺我痴迷甚，悄步随主入桂园。

## [玉楼春·秀湖游]

流莺莫唱深深柳，东门秀湖相慕久。璧城随处绿成烟，此绿不容他处有。

远山影入虚无秀，水塔绽翠飞瀑诱。游人眼里是西施，我见满湖都是酒。

## [长相思·寄友二题]

### 一

长相思，长相思。只把相思付与诗，三更人静时。
长相思，长相思。欲寄相思恨少词，案前灯可知？

### 二

月有情，梦无情。欲梦伊人终不成，泪花流五更。
梦无情，月有情。转入西窗脚步轻，可怜鸡正鸣。

## [西江月·丙申初秋感赋]

一点清高心境，百年寂寞人生。看云看雨弄阴晴，几处风波不定。

大道能通万径，小灯也亮三更。沉沉永夜有孤星，还伴斯人独醒。

# [渔父词]

## 一

乱山野水秋水浓，山远水近风尚清。
月初上，烟才生，只钓鲈鱼不钓名。

## 二

乱云着金日影余，长江川北璧河西。
尘满面，风满衣，浑看芦花忘钓鱼。

# [眼儿媚·丙申秋思]

梧桐飞叶敛炎光，雁阵送清凉。轻收纨扇，漫听虫语，月转回廊。

鬓发渐白催人省，往事不堪伤。一肩风月，半生风雨，未老冯唐。

## [喝火令·肖远新先生八旬寿诞]

蘸墨千钧力，吟诗万马奔。讲台三尺舞青春。凤凰乡场无悔，不改故乡亲。

乐教开荆路，园中日月耘。毕生心血百花新。馥了韶华，馥了赤烛魂。馥了梅江原野，师德璧邑闻。

学生：周厚勇<br>丙申初夏

## [唐多令·咏蜜蜂兼寄从教一生的唐贵忠同学]

迟日百花盈。倾巢振翅行。蕊中汲、占尽群英。酝酿春光心耿耿，劳无止，苦经营。

琼液市场争。身微美梦成。世人甜、不枉今生。又是璧南田景好，嗡嗡响，再飞程。

[蝶恋花·范志民君二度邀我永川黄瓜山赏梨花，丁酉至，梨花又开，有赋]

三月梨花香似旧，雪海无涯，一任狂蜂诱。默默痴情君记否，相期总是黄昏后。谁道相逢难执手，几许温柔，总为伊人瘦。一任春归风雨骤，诗魂总伴芳魂右。

[行香子·题红烧肉]

　　洗净清光，切寸成方。细火烹饪，适量红糖。酱油桂叶，八角葱姜。见色红亮，肉酥软，味浓香。
　　半羹入口，神仙不换。素荤不掺，营养增强。生精丰体，益智滋肠。故廉颇喜，东坡爱，润之狂。

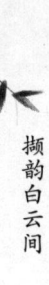

## [浣溪沙·童趣]

年少痴迷豌豆花，戏嗔彩蝶逗枝丫，口称不爽走回家。

天上白云拴白马，房前青架摘南瓜，欢天喜地叫阿妈。

## [蝶恋花·探春璧南]

我欲寻春忙趁步，雨断春分，湿了弯弯路。春在楼台檐上住，喃喃软语低低诉。

何事惊心翻艳谱？满眼繁华，好写升平句。可期人间伏病毒，海晏河清无瘴雾。

## [踏莎行·夜饮璧南河畔秀湖偶遇有赋]

灼灼花中，欢声几弄。韶光占尽情歌送。临湖观见镜中图，白云天外梨云共。

剩作相思，春风惹梦。君来定有红妆宠。酡颜醉语若从头，倩谁来著钗头凤？

## [水调歌头·观璧南登云坪残荷有赋]

褪尽铅华色，寥落委残阳。岂知泥里秋藕，犹不怯风霜。蝶影翩跹有梦，池畔琼裾无觅，清瘦对蟾光。甘苦送莲子，客思引怀长。

秋风老，闲孤鹤，送清凉。寸丹未改，消得墨客，赋华章。物外禅心方静，白玉灵台犹在，依旧散芬芳。老酒倾壶醉，物我两微茫。

## [水调歌头·西沱试笔]

我待初秋月，长揖在渝州。无边心事沉浸，万顷碧波柔。寻访盐道烟雨，无言石梯沉稳，往事帆影浮。弄点武陵雪，素雅更清幽。

听潮声，观星斗，眺轻舟。入帘吊脚楼，心闲自悠悠。土家儿男魂壮，台痕尽沧桑，浩气寄云头。人文依旧好，古镇唱风流。

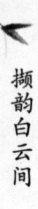

## [江城子·题九江敦颐祖墓重光]

拜瞻先哲又浔阳，仰文光，意深长。北宋当年，理学发初篁。业启程朱承孔孟，三荡气，九回肠。

千秋圣地起苍黄，柳轻飏，松成行。喜看今朝，春意满九江。重颂濂溪道脉光，莲素洁，永流芳。

拜撰于江西九江

## [江城子]

潇湘今日雨，小桥东，水叮咚。默默无言，伞下望春风。四面青山施淡粉，犹梦里，总情浓。

年年月色恍伊容，杏花红，影双重。无奈婵娟，来去自匆匆。唯有孤星长做伴，多少夜，立苍穹。

## [诉衷情·自题]

关河迢递一沙鸥,匹夫闯神州。情关何日驰破?天不语,地悠悠。

功未建,鬓先秋,汗还流。商海飘荡,心系云山,身托孤舟。

## [鹧鸪天·闻吟长德福先生旅沪返乡兼题芙蓉]

玉立婷婷最感人,平生富志不欺贫。一池馥郁无穷意,五径芬芳有气神。

沾雨露,扫风尘,污泥雅拒洁全身。古今多少清廉事,未负当初纯与真。

## [南歌子·赠战友]

每忆韩江岸,常怀焦山①头。军旅脚步几勾留。往事匆匆恰是彩云浮。

转瞬朱颜逝,如今鬓发秋。暂凭微信寄离愁。若得年年相见更无由。

注:①焦山:军营驻地。

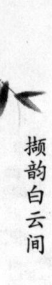

## [浣溪沙·丁酉初夏即景]

杨柳依依垂绿波,燕莺即去换蝉歌,四时初夏最婆娑。

几处小荷争露角,千重新绿急爬坡,还它一片俊山河。

## [长相思·峡江即景]

碧水空,峡流穷。岭上枫叶抢眼红,迎来浩渺中。

奉节城,秋意浓。甩响吟鞭八千里,崖畔飞鸟雄。

丁酉秋八月十八日于渝州怡心阁

## [踏莎行·西沱新变]

长水汤汤,渡口依然。背客草鞋风尘卷。晨霜夜露脚沾沾,冬前未雪秋先霰。

转眼年年,飞云片片。荒凉几度今呼变。巧匠再筑盐道,西沱换装明朝见。

## [小重山·丁酉秋乡村游观松林有赋]

纵目重恋秋意深。篱边田角外,自生林。苍苍依旧但松针。真真是,四季守贞心。微汗独凭临。秋气无落叶,傲寒岑。欲将柏树众山寻,皆不见,唯视汝知音。

## [长相思·丁酉春时隔16年重庆大学贸法学院同学小聚]

学友情,同窗情。情到深深爱不能,摆钟慢慢行。

念生生,痛生生。痛念寒窗坑道曾,月星日永恒。

## [玉楼春·丁酉春赏潼南油菜花有赋]

骋目田畴春景丽,四野黄花盈画意。蝶飞蜂舞弄金霞,溢彩流芳香扑鼻。

历雪经霜频洗礼,未入园林从不计。赢来荚果报枝低,且待丰收兼报喜。

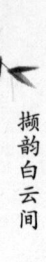

# [行香子·童年趣事三题]

### 荡秋千

好趁春晴，乐挽长绳。荡悠悠，大树当庭。足从地起，腋便生风。看矫如猿，轻如蝶，捷如鹰。

阳光缕缕，铃响声声。闭双眸，恍如冥冥。舒张翅膀，放任心情。更拨开云，擦过月，摘回星。

### 玩家家

男是爹爹，女是妈妈。小毛狗，便是娃娃。装模作样，立业成家。又灶砖瓦，菜蒿草，饭泥巴。

也种桑麻，也买盐茶。还恩爱，捧酒簪花。今朝娶你，明日跟她。凭行无拘，言无忌，思无邪。

### 偷杏子

日晒霖沾，黄抹红添。邻家杏，枝出墙檐。羡虫慕鸟，噬啄凭贪。惹心儿痒，涎儿挂，眼儿馋。

效猿影捷，招犬声恶。惊跌逃，刮破衣衫。归来数数，十只剩三。且一枚酸，一枚苦，一枚甜。

## [鹧鸪天·怡心阁学诗偶拾]

久立唐诗宋韵中，几曾忐忑几词穷。想吟帘外朦胧月，也喜庭前浩渺空。
文易得，句难工。有心投笔欠玲珑。今宵欲把三千字，写入长笺写入风。

## [归自谣·差旅返盆栽栀子花吐艳有赋]

鲜一束，绿如翡翠白如玉，静吐清香盈小屋。
临窗风韵原非俗。吟未足，村前篱畔开如瀑。

## [临江仙·拜谒济南秦琼祠]

一片繁华成落寞，斜阳映照长空。辉煌往事逝匆匆。千秋烟月，声断已随风。
盛况不知何日去，忠义长留蒿蓬。秦祠难觅铁蹄踪，隋唐壮举，尽在烟云中。

## [水调歌头·抒怀丁酉秋]

人慕新春柳,我慕秋菊颜。宁同秋色共老,分得晚香还。万里江天脉脉,孤棹芦风款款,无复叹时艰。但效九秋荻,名利已全删。

斟杯酒,邀明月,效云闲。何须奔忙熬煎,浊酒可消寒。欲驾青岩白鹿,恰是金鹏飞举,俯首看人寰。且共群仙醉,任尔笑汗漫。

## [满庭芳·丁中同学会]

飞指群聊,荧屏晒照,同窗情谊浓浓。凭窗听雨,母校忆心中。几处红砖学舍,官堰窄,流水淙淙。别来久,风华安在?人去楼已空。

浮生如梦,回眸来路,步履匆匆。只赢得,纸间弄辞丰。此境谁堪共说,乡愁付。他日重逢。邀期近,届时待把,美酒对春风。

## [行香子·梁平风情]

绿水环村,青岭停云。格桑花,漫溢清芬。楼房瓦舍,古朴时新。看栋成街,街通路,路无尘。

人勤家富,品善心纯。好风情,和美温淳。吾侪造访,温馨盈门。品米米茶,茶连酒,酒提神。

## [行香子·丁酉春别友]

绿染疏梢,水卷浑潮。春来了,可曾知晓?昨夜惊梦,今宵重蹈。心絮缕缕,雨霖霖,水滔滔。

今朝扬镳,旅途迢遥。寻行踪,水远山高。满腔离愁,尽付江涛。过梅江堤,乌江渡,长江桥。

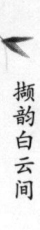

## [一剪梅·万盛行]

莽莽娄山接碧空，云海翻腾，岭海千重。清流宛转柳烟浓，人行栈道，情满诗中。

巍巍石海万古雄，血染丹枫，骨铸青松。痴情一片上巅峰，春阳艳艳，脚踏清风。

## [蝶恋花·咏黑山谷灯台花]

初识灯台花旖旎，雅态妍姿，似欲殷勤语。数点飞花风慢举，依依化作相思雨。

一朵素云载万蕊，四月人间，孰与相伦比。客里相逢能有几，何时重醉春风里？

## [鹧鸪天·写给金剑山25周年纪念雅集]

际会金剑耀碧空，诗阵列列势如龙。璧河为我翻词浪，浩宇由情落彩虹。

吟玉韵，傲苍穹，古今阵仗几相同？客来八面挥椽笔，激起波澜千万重。

## [西江月·龙年新春东篱下试笔]

雨霁朝霞柳绿,风轻晓露桃红。百花争艳蝶匆匆,处处春波潮涌。

汉赋楚辞古调,唐音宋律新风。平生仰慕杜陵翁,尤爱梅花三弄。

## [鹧鸪天·寄诗友]

细数平生五十年,青筋弱爆染霜斑。偷闲煮字非关酒,懒看拼爹大过天。

唐伯虎,祝枝山,由来学腐变穷酸。花间词冢惊三变,烛影摇红泪始干。

## [卜算子·东篱梅写实]

劲挺瘦枝斜,流韵烟霞妩。蝶出纷飞正护持,不让东君主。

松竹共相招,三友成真趣。唤醒嫣红姹紫春,花谢无寻处。

## [卜算子·自家漫画]

总是在奔波,不是求温饱。总是风霜雨雪多,话剧演不少。

那梦美如花,那爱青如草。那朵卿云渡彩虹,心盼阳光好。

## [生查子·芝兰之室主张德福先生素描]

幽幽独自香,书斋芝兰朵。闹市却难寻,总被青山锁。

惯居幽深谷,厌被红尘裹。喧嚷那些风,不改清纯我。

## [柳梢青·水土新貌]

昔日穷乡,而今竟是,一派春光。科技兴业,琼楼如画,绿满山冈。

生物智能引领,似看到,祥和小康。园区繁忙,缙云秋爽,天上朝阳。

## [江城子·合川诗词盛会]

滔滔碧浪助清狂,谱宫商,舞霓裳。荟萃时贤,宋雨洒三江。载酒满城诗兴里,诗下酒,醉何妨。

吟客朋辈济一堂,漫寻芳,话沧桑。二十五年,凭力待高翔。裁得云霞当笺纸,挥彩笔,写琳琅。

## [喝火令·忆昔]

桑梓家常饭,谁知忆少年。一筐猪草夕阳天。锅里窝头喜我,半碗野蔬鲜。

四十年过去,沧桑弹指间。无穷童趣竟联翩。得见瓜庵,得见老磨盘,得见媒婆幺婶,怪我误姻缘。

## [唐多令·重游惠州西湖有赋]

风月一湖收,林深碧水流,听籁音,歌馆台楼。风送樨香山更静,明月共,好悠游。

相拥在舟头,月圆共九州,伴佳人,了却离愁。漫步湖边随意走,任神思,故园游。

## [鹊桥仙·梦系蓉城]

今日成都战友来访,品茗饮酒叙旧,情深深,意朦朦,忆及往昔蓉城旧游有赋。

草堂谒圣,琴台置酒,梦里又逢西蜀。枝头翠鸟唱新缘,溅起了,覃思无数。

青城论道,宽街念友,幺妹眼前未顾。柔情似水转颜间,怎会忘,双眸相触。

## [渔家傲·蓉城听琴]

玉指红衣台上秀,一支古曲柔情诱。十里春风吹老朽。诗意叩,偏闻唤我干杯酒。

虽在听琴心却走,三巡未醉吟酥手。窃句偷词思忖久。敲半宿,携声入梦人知否?

## [临江仙·德福先生旅沪归来有聚]

酒煮璧河香满座,深杯几度重斟。人生何处不离分。相知平仄里,便是有缘人。

握手已然情切切,千言万语难禁。一城灯火溢乡音。烟波润诗客,心上有余温。

## [浣溪沙·别后三十六年国平战友访渝州有赋]

难忘军旅几载情,摸爬滚打影身轻,焦山脚下数流星。

曾把馒头分两半,又将炮膛擦亮铮,那些岁月那歌声。

## [水调歌头·丁酉端午感怀]

汨罗一声吼，屈子赴天穹。九歌潮起奔涌，诗魄更从容。纵有离骚倾诉，多少悲欢愁绪，都付水朝东。休道功名好，何似伴鱼龙。

五十载，商场搏，竞始终。生当如此，岂以冠带说英雄？看惯潮头高矮，叹尽江山成败，人物不相同。扬首虹千丈，江面正东风。

## [行香子·璧南登云坪访荷]

仙骨华妆，白露生凉。趁东风，簇立陂塘。风飘绿带，雾湿霓裳。汇一湖烟，一湖雨，一湖香。

红苞朵朵，翠叶张张。濯污泥，品格高昂。根生玉臂，子结闺房。有丹之韵，梅之洁，蕙之光。

## [行香子·筑巢燕子]

前年春，一双燕子筑巢家中，年年返，岁岁归，已添雏燕十余有赋。

剪影娉婷，烟雨霏微。衔春尽、朝旭斜晖。春秋飞过，其羽差池。叹邶风潮，唐诗艳，宋词奇。

一巢筑就，情牵华夏，任徜徉、南北东西。晴川古渡，追梦痴痴。正穿丝柳，掠春水，啄芹泥。

## [江城子·寄人]

窗开细雨褪帘红，寂寥中，又西风。万点清思暗洒小园东，回首韶光应未老，留恋处，忆相逢。

栏杆倚遍盼归鸿，露初浓，紫烟笼。似海深情我自与君同。是否明宵花更好，云淡淡，月溶溶。

## [卜算子·旅京华有寄]

五年前初夏,忝列中国散文学会邀请嘉宾,去济南参加第六届全国冰心散文奖颁奖典礼。拜谒李清照纪念馆即赋。

岁月不回头,错把青春误。锦绣年华付商务,骇浪惊涛渡。
风雨走江湖,辛酸创业路。五彩云霞映秋彤,欣作壮年赋。

## [南乡子·戊戌夏连日高温,梦忆童年生活醒后记之]

### 一

村路入平冈。桃林围成小牧场。放了牛儿闲不住,金黄。竹叶松针拾满筐。
归去背夕阳。秋穗垂垂豆荚藏。垄上风来扶欲起,轻扬。野草闲花一路香。

### 二

日色上苍苔。绿染眉梢绛染腮。觅得藤枝和菊蕊,编排。要与邻娃做玉钗。
溪畔遍蒿莱。树影随人卧石阶。阿舅信口夸一句,真乖。旧谜新诗任我猜。

## [西江月·题璧山作协换届年会]

几点梅花傲雪,数行新墨迎春。满堂骚客说斯文,都是晋唐遗韵。

莫道文学难整,俊才风雅犹存。传承光复更年年,呐喊摇旗振奋。

## [鹧鸪天·悼恩师蒋维世先生]

昨夜惊闻失蒋公,悲怀难抑诉苍穹。无私无畏全终始,风范长存侪辈中。

承诱掖,启愚蒙,春风惠我沐心胸。巍巍师德时铭记,亮节高风世永崇。

## [长相思·璧南秋景素描]

稻儿黄,豆儿黄,遍地黄金待进仓。喜收丰产粮。

你家忙,我家忙,忙到鸡鸭归住房。抬头笑月光。

## [长相思·旅途感怀]

雨穿窗,雪穿窗,人在他乡恋故乡。依稀泪两行。

道漫长,水漫长,又梦篱边秋菊黄。月明人断肠。

## [鹧鸪天二题]

### 璧山登云坪荷田夕照

杳杳青莲着晚纱,翠屏嵌入几农家。乍逢雨露新苗笑,久立田畴胖影斜。

寻正气,酿精华,纤纤蓓蕾已萌芽。丹心岂愿清闲过,再与朝阳共煮霞。

### 旬日内旅烟台、深圳、九江途中感赋

卅载匆匆感岁华,浮名皆做指间沙。奔波有累谁人问,商路崎岖自己爬。

心结茧,疮生痂,痴心不改走天涯。唯思故园儿时院,蓝瓦白墙栀子花。

## [西江月·旅途与孙子孙女兄妹视频感赋]

相约荧屏方寸，依然淘气天真。嗲声乱问一团亲，争与阿公飞吻。

屏上灵犀一点，有如穿越层云。迢迢千里叙天伦，膝下笑声阵阵。

## [鹧鸪天·读宋诗"寸金难买寸光阴"有赋]

觅句书山四十秋，清风明月伴角楼。一窗蝉噪无闲日，半砚泉清荡小舟。

黄叶落，碧江流。时光无计案边留。年华风吹雨打去，把卷长吟发古幽。

## [人月圆·戊戌中秋]

年年对此多情月，又到一回圆。凭窗重待，销魂最是，填词灯前。

银波千顷，须臾万事，都化云烟。清光堆梦，为谁夜夜，如玦如环。

## [临江仙·花事十一题]

印林君有绝句金庸武侠十二钗之佳构,余用同曲题咏十类喜爱之花加流动之花——落花,共十一咏。

### 水 仙

仙子凌波尘不染,温柔优雅纯情。银台素裹百芳惊。晴空当有意,韵味岂无凭?
遥想当年亏御旨,一枝独秀崇明。骚人吟句在空灵。香姿离俗世,玉体献峥嵘。

### 杜 鹃

五月池塘初见彩,芙蓉出水含羞。输她姿色二三筹。经时多浪漫,无处不风流。
遍野漫山红艳艳,山川饰得温柔。深情款款误王侯。痴心谁可释,啼血自成囚。

### 月 季

秉性天真桃李外,娇羞敢竞玫庄。一年四季似平常。萧萧怜落叶,淡淡送馨香。
虽是深秋无好景,痴心不负斜阳。焉能闲却好时光。纵然遭冷雪,依旧傲寒霜。

### 牡 丹

灿烂风流王誉享,残红将谢芳成。堪叹颜色也凋零。繁华妆现在,解语话曾经。
不肯媚君舒笑脸,惨遭劫数难平。清高抗旨孰无情。焚烧京御苑,开放洛阳城。

## 桂 花

玉叶黄金千万点，城乡溢满温馨。护花使者尽心倾。幽香飘十里，雅趣孕三更。
月夜星光寒冷否？此时莫道无情。吴刚捧酒醉华亭。开怀迎盛世，颔首享清平。

## 茶 花

叶秀枝青红似火，雍容华贵风流。绝情伴雪任悠悠。行吟交韵处，满纸是离愁。
记得去年花烂漫，相依相偎桥头。今年独立爱难留。情伤花谢后，懒顾丽人游。

## 菊 花

暑去秋来看落叶，西风横扫萧萧。谁知霜下亦逍遥？东篱芳自在，时有暗香飘。
犹记苏公讥介甫，予今吟菊无招。谁同把盏共推敲？唐生多得意，泼墨势滔滔。

## 荷 花

雨后池塘分外碧，清风又递清香。玉珠乱滚意茫茫。蜻蜓菡萏立，只待叶开张。
静植污泥君不染，千秋盛誉流芳。格言警示戒儿郎。为官当拒腐，莫毁我城墙。

## 兰 花

出谷修身离俗世，天生丽质芬芳。不亢不卑对炎凉。清贫能独处，富贵不张扬。
羞与群英争硕艳，平时也未浓妆。文豪吟入楚辞章。何人能赏识，屈指数诗狂。

227

## 梅　花

傲世雪中疏影舞，银光闪烁冰霜。不妆妩媚暗传香。浅寒着瘦骨，何惧北风狂。

多少诗家题雅句，风流尽入华章。精神永驻万年扬。花魁开盛世，印额饰沧桑。

## 落　花

花开花谢零落处，触目点点残红。人生衰老与此同，古今多少恨，尽诉秋风中。

寄情尺素聊自慰，纸短难写情浓。长沟流月逝无踪。繁华从此去，余雪暗消融。

# [西江月·近照自题（双阕）]

### 一

幸与文王同姓，曾祖赐予书名。年奔花甲少四春，犹在人间厮混。

叹我奔劳半世，装备制造人生。披云戴月苦耕耘，收获前程莫问。

### 二

始龀舅父庭授，推敲引向诗门。东拼西凑始成文，把酒高歌遣兴。

深信功名似土，无疑富贵如云。心清如水懒逢迎，且学贤良方正。

## [沁园春·秋赋]

——写在南粤旅途

碧透苍穹,渺渺海涛,沃野绿香。看尧舜四海,劲帆激浪;汉唐五岳,轻羽梳妆。水蓼低吟,木莲高望,陶令南山晒菊忙。狼毫舞,蘸瑶池七彩,点染秋光。

莫言秋色滋霜。君不见,古榕正昂昂,阅沧桑岁月,人尘世事;非唯独特,也有寻常。律向由时,序更在悟,今又闲庭换旧装。趁兴起,借苏轼神笔,为我张扬。

## [水调歌头]

杨柳惠风拂,泉涌水流长。绿肥红瘦时节,虔诚拜华堂。似见金钗滑溜,犹把青梅漫嗅,悄悄返闺房。展卷倚窗读,字字泛清香。

继《花间》,承诗赋,谱新章。东篱把酒,乘兴挥笔几多行?绝代佳人才女,异样灵心秀口,压倒众儿郎。婉约词风在,千古韵悠扬。

## [卜算子·飞杭州]

漫步白云中,澎湃心头语。海似青纱岳为莲,梦向苍天许。

卅年商旅身,迢递春秋旅。不欲年华付流水,万里风鹏举。

## [蝶恋花·致诗友询]

揖谢天涯知友问,落拓浮生,勤勉无留恨。慷慨途程宜奋进,三千诗稿消磨嫩。

有事淤胸何足论,一朵花开,几遍风霜衬。反叹前贤心未狠,纷纷铩羽鱼龙阵。

## [唐多令·缙云听蝉]

涧水漫沙洲,鸣蝉淡却愁。一声声,撼动山丘。盛夏瑶音堪醉我,千般曲,总无求。

何必问缘由,红尘枉费谋。叹流年,难得清幽。欲把痴情都化作,蝉理趣,读春秋。

## [西江月·重庆乘高铁至昆明]

一路水重山叠,四望地少人稀,高桥深洞向花溪,不误浓香小睡。

世事本来坎坷,何妨丘壑相依,任他云幕压山低,终究霾清雨霁。

## [卜算子·大年寄诗友]

本是爱诗人,总为诗消瘦。日日吟哦日日痴,种下相思豆。

觅韵百花前,啄句黄昏后。梅是知心月是魂,欲醉何须酒?

## [浪淘沙·过上海感怀]

冬色雾霾浓,遥望苍穹,银汉茫茫曲无穷。往事如烟难再忆,几度萍踪?

寂寞叹花红,来去匆匆,落英铺地草葱茏。沧海荡舟风雨路,人似青松。

## [风入松·凤凰农中同学四十年别后首聚有感]

青葱回首忆当年，岁末启新篇。弄潮搏浪人多少，同追梦，蹄奋扬鞭。师恩师德浸润，春风一缕心间。

四十年华随风过，弹指鬓斑斑。相逢无语心犹近，芸窗外，处处新颜。一曲琴音绕耳，心中顿起波澜。

## [满庭芳·写在凤凰农中同学聚会]

岁酿情深，壁南邀聚，欢声笑语无穷。时光过隙，忆旧问离踪。四十年劳燕隔，今得见，旧忆朦胧。言谈里，诸多往事，恨逝水匆匆。

凤凰同求学，严冬挥汗，夏炙肤红。杂粮碗碗饭，其乐融融。万缕千丝心系，同窗梦，日久弥丰。欣今日，韶颜虽改，未改是初衷。

## [喝火令·凤凰农中同学会有赋]

一别难相聚，茫然四十年。力思年少旧容颜。休诉个人甘苦，应喜众康全。

笑说当年事，欢声乐绵绵。此生同学岂非缘？念在相知，念在谊相连，念在此番归去，还有梦相缠。

[采桑子·己亥岁春阳灿灿，登东篱下眺缙云山一片生机，鬓角添白发，读史有赋]

流年似水悠悠去，大浪淘沙。大浪淘沙。千古兴亡说汉家。
人生苦短犹晨露，举目天涯。举目天涯。我望缙云一抹霞。

[浣溪沙·璧南乡村即景]

弯角老牛卧浅溪，稻秧荷叶翠田畦。炊烟袅袅晚风迷。
犬吠鸡鸣时远近，乡音俚语韵高低。竹林新笋沾红泥。

[行香子·璧南三合踏春赏梨花归程有赋]

梨树绽华，嫩柳新芽。凝目处，一抹素霞。小桥流水，河底清沙。正蝶儿舞，莺儿唱，虫儿爬。
风过千川，草绿山崖。喜春至，再蕴芳华。身归旷野，心净无瑕。醉天儿蓝，云儿淡，日儿斜。

## [水调歌头·诗友一别十年，忽梦中相聚，醒后有寄]

　　书信几时有，翘首盼邮员。不知贤弟何处，一别已十年。我欲电话询问，又恐号码更换，鱼雁也徒然。音讯不能晓，梦绕并魂牵。

　　逛马路，泡书房，倚阑干。比肩携手，开口只把缪斯谈。闲常日子易混，锦绣文章难做，空将华发添。但愿天有意，重聚在随园。

## [定风波·参加金剑山诗书画社活动经年，写在诗社成立三十周年之际]

　　一片痴情彩笔端，春风桃李度流年。芳草水云无限意，曾记，一词一赋一陶然。

　　更喜兰襟清曲妙，年少，疏狂烂漫似青莲。休说韶华如梦去，看取，落花枝上又花繁。

## [桂殿秋·丙申清明忆舅父]

频回首,步匆匆,当时景物好朦胧。趋前欲语声凝咽,相对分明见旧容。

惊觉后,泪迷瞳,隔墙冷雨五更风。黄泉信否皆虚妄?倚尽窗棂百感中。

## [行香子·遣怀兼寄友]

花落成尘,雁过无痕。看江中,波浪常新。秋来离去,何必伤神。笑今天盼,明天聚,后天分。

风雨独撑,已惯晨昏。一壶茶,漫品氤氲。静听蛙鼓,闲对虫嗔。醉此时风,此时月,此时云。

## [蝶恋花·夏趣即景]

昨夜池塘新雨骤。露润清荷,问讯群花瘦。四面蛙声停复又,金鱼数点红腮窦。

笔下丹青诗与酒。书卷常临,不使生尘垢。世故茫然看未透,文章写在沧桑后。

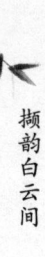

## [南乡子·己亥初秋偶拾]

不驻是流年，荏苒光阴日月旋。回看古来兴废路。斑斑。小半平直大半弯。

往事似云烟，叶坠花飞向哪边？但见年年征雁字。翩翩。总在春秋往返间。

## [定风波·璧南秋夕即景]

翠鸟啾啾唱不休，东篱红叶饰金秋。牧犊骑牛横竹笛，闲逸，心随斜日共悠悠。

袅袅炊烟风摆柳，争秀，蛙鸣涧底鸟蹲牛。忽动吟怀收雅韵，词窘，且将俚句润歌喉。

## [渔歌子·璧南梅江闻笛]

一缕清商进客家，风飘律吕透窗纱。

折杨柳，落梅花。不堪回首渡江槎。

## [采桑子·辛亥重阳旅粤返渝途中有寄]

青山踏遍回眸望，有过创业，有过彷徨，跌宕沉浮慨且慷。
壮年旅途又重阳，大好秋光，莫负秋光，砥砺人生再起航。

## [行香子]

旅南粤返程途中，诗词群"热闹非凡"，德福先生吟旌一展，诗友应者云集，学会"活跃"起来了！得一阕《行香子》以助豪兴。

雨霁天青，雁阵长鸣。秉初心、诗海扬旌。引宫协羽，遣仄调平。写身边事，眼前景，臆中情。
李杜魂赓，风雅传承。赋新词、齐奏箫声。时令正好，凤翥龙腾。合勤耕耘，深栽种，广收成。

## [采桑子·璧南农村访友品茶小酌返程即景]

青山约我裁诗去，披上云纱，披上云纱，走进农家闲品茶。
临溪照影归心晚，面似红霞，面似红霞，景色肩头背到家。

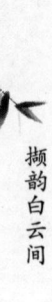

## [鹧鸪天·采风四面山]

状似瑶台飞瀑悬，纵横俯仰天地宽。奇观异景收囊底，佛语仙音萦耳边。

骚客乐，画家欢，诗情画意挂云端。四面山上千般景，化作诗行上九天。

## [卜算子·腊月与盾之王诸君品茗]

雅韵自天然，壶里灵芽沸。一任沉浮静静观，袅袅茶烟细。

愿得此中情，愿解其中味。愿把痴心酿作诗，与共今生醉。

## [行香子·隔离宅居防病毒]

今作书囚，偶泛轻舟。任行藏、随去随留。临窗计日，抛却春秋。喜月泛辉，人无恙，识增收。

三杯淡酒，几笔银钩。这生涯、别有嚼头。商场紧闭，街衢空空。在忙中闲，闲中醉，醉中讴。

## [一剪梅·五十七岁初度自题]

回首云山一万重，一转飘蓬，一字征鸿。春来春去几匆匆，几处葱茏，几树花红。阔步扬帆趁好风，霞丽云空，韵响疏钟。情怀未了与谁同，唐慕韩公，宋仰坡公。

## [鹧鸪天·庚子春晨读画赏书法有记]

一道山泉泻玉英，浑然不觉入山行。野花垂柳长幽谷，鸣燕啼莺伴水声。

春澹澹，草青青，碧苍岭色觉凉生。却愁不记来时路，对岸樵夫问返程。

## [行香子·秋访大足]

岁岁今朝，大足双桥。龙水湖，依旧悄悄。秋风夕照，红透林梢。望宝鼎峭，白云远，碧空遥。

北山佛雕，默诵禅谣。唤归声，牛犊羊羔。诗兴起，酒兴更高。欲醉明月，卧秋岭，听松涛。

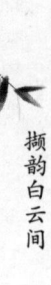

# [鹧鸪天·遥寄诗友]

未晓先闻野鸟啼,春风送我到渝西。相期用韵三家聚,共勉填词几道题。爬格子,上云梯,横观云雾[1]恨天低。关门赋就知多少,注入山泉汇小溪。

注：①云雾：横贯重庆市璧山、铜梁境内云雾山。

# [水调歌头·庚子新春试笔]

情寄盾之王,梦绕大江东。天高地迥,渝州秀色果然浓。处处梅英烂漫,遍野花光照眼,烟雨自迷蒙。春水逐莺燕,柳浪戏轻篷。

英雄意,浩荡气,快哉风。长歌击节,诗思驰骋万花丛。百尺江涛澎湃,千里轻雷滚滚,霹雳见神龙。白鹭双飞去,丹鹤唳晴空。

# [浣溪沙·新年寄诗友]

渝州红妆又是梅,东风吹绿手中杯,屠苏任我醉千回。

几处轻烟笼柳巷,连宵爆竹闹乡村,先生笔底更芳菲。

## [江城子·寄金剑山诗友]

风云际会不寻常,少离乡,着戎装。南疆驰驱,生死不思量。创业奔波兴百废,人尚健,鬓染霜。

壮岁时逢好时光,立苍茫,感沧桑。淡泊情怀,成败皆已忘。梓里高朋倡雅韵,师李杜,仰苏黄。

## [唐多令·庚子送春]

飞雨染红楼,轻烟锁绿洲。一寸波,难惹春留。蝶惜花残空眷恋,阑珊处,忆风流。

鸥鸟不知愁,缘何也白头?感多情,池砚难收。休唱阳关先问柳:"荒古道,倩谁游?"

## [临江仙·正月元宵宅家涂鸦偶拾]

有酒须邀鹤饮,无诗且抱书眠。病毒难侵东篱前,忆中朗月夜,梦里杏花天。

叶底春生翠管,波心绿长朱弦。兰舟一棹夕阳边,疫如云聚散,中华月长圆。

## [满江红·夜读辛弃疾]

叱咤风云，人敬仰，辛公弃疾。刀光闪，完颜丧胆，尘烟卷敌。且置请缨封万户，但将永昼浇千桔。最伤心，庸主厌谈兵，江山泣。

刀入鞘，情注笔。风霜字，千钧力。破陈词窠臼，勇开新律。铁马金戈廉颇剑，铜琶铁板东坡笛。更喜添，陌上绿桑麻，春风习。

## [江城子·璧南东篱观梅有赋]

梅花簇簇染丘林，鹊声愔，闹春吟。粉郎香令，觅句苦相寻。放鹤台前归落照，休负却，故人心。

东篱畔月卧山林，竹森森，水潆潆。梅蕾先遣，红雨闹香禽。荏苒岁月人未老，抚鬓发，许千金。

## [浣溪沙·题从军旧照]

还忆戎装戍边时，南粤堆秀绿参差。凤凰花发最高枝。

卅年踪尘情若故，半生风雨梦如诗。且将肝胆寄相知。

## [一剪梅·庚子新春有寄]

滚滚春雷满宇鸣，风扫寒云，雨化冻尘。玉兰捷足报新春，翠柳轻盈，秀水澄滢。

装备制造征途行，心也光明，路也光明。"军民融合"似甘霖，润得业兴，润得国兴。

## [鹧鸪天·大娄山溪水]

庚子夏，乘高铁赴滇，车过娄山关，举目窗外溪水清清，大娄山青葱峻秀。

染尽花香染墨香，胸藏锦绣任疏狂。倦来哪管云眠袖，兴至何妨酒入肠。

溪水唱，惠风扬，新词古调伴行囊。素笺尽写悠悠句，疑是诗家债未偿？

## [落梅风·怡心阁夜读]

明灯黄卷意飞旋，书香驱尽风寒。宋词佐酒白云边，不孤单。

忙中偷闲寻诗梦，时光补救流年。古人相约赏佳篇，醉心田。

## [江城子·莲花坝①即景]

莲花坝里有人家。径横斜，野花遮。新竹吐翠，绰约绕篱笆。茂盛一片香李树，红彤彤，满枝丫。

少妇园中正摘瓜。娇娇娃，坐爬沙。池塘清波，鸭鹅戏水花。果农笑撑大指拇，朗声夸，政策佳。

注：①莲花坝：位于璧山区丁家街道，是重庆市生态苗木基地。

## [行香子·东篱下紫薇绽放即赋]

雨霁陂塘，初秋渐凉。步东篱、拾级寻芳。紫薇吐蕊，玉镜流光。有蜂儿鸣，蝶儿舞，鸟儿翔。

金风乍起，绿护轻黄。任由他、今古兴亡。词题心壁，酒酌轩窗。正眼相随，心相契，赋吟狂。

## [高阳台·辛丑除夕]

　　瘟疫无忧,牛岁今至,经年阅遍沧桑。除夕今宵,灯前畅引壶觞。杏花春雨江南梦,被啼莺,惊破何妨。把闲愁,尽散东风,尽付琼浆。

　　壮岁欣逢和谐世,忆创业执着,磨砺当忘。浅醉酣眠,偷闲也做文章。明窗净几书案静,好重温,八代三唐。趁余年,集稿还删,刮垢磨光。

## [临江仙·武隆远眺掠影]

　　芙蓉江拥青黛色,一河碧水弯弯。入帘风物尽天然。岸崖叶猴戏树,树上鸟言欢。仙女羞羞腾瑞气,祥云缥缈通神。骏马悠悠衬草原。骚坛儒雅客,钓句不思还。

## [喝火令·庚子国庆怡心阁晨读偶得]

　　把卷寻知己,和诗故友谦。案头青史聚群贤。解得春风满座,不负是华年。

　　古典如瑰宝,读来见水源。挑头策杖伫峰巅。拂去浮云,拂去利名渊。拂去额前汗水,分享艳阳天。

## [喝火令·庚子中国尘社重庆行获赠《大雅》诗卷]

把卷寻知己，和诗故友谦。渝州今夕聚群贤。解得春风满座，不负是华年。

尘社赠《大雅》，读来见水源。敲诗谱词跋峰巅。拂去浮云，拂去利名渊。拂去风尘汗水，分享艳阳天。

## [清平乐·渝州赏梅兰]

欲晴未雨，春近花无语。梅兰城边绽几许，络绎人流不拒。

初闻才放清香，逸枝倩影犹长。最是轮番合照，爱看眷侣成双。

## [定风波·自题]

年少气昂事军营，男儿五十淡功名。鞭指装备尘飞起，梦里，冰河铁马一毛轻。

沧桑人生叹磨砺，无泪，丹心片片付挚情。闲写水竹云山事，不已，一毫热土一方城。

## [浣溪沙·东篱下蜡梅绽放偶拾]

种月耕耘学古今,轻风有意拂衣襟。诗心不语漫沉吟。

始信清笺花满树,更痴淡墨句成林。蜡梅伴我做知音。

## [眼儿媚·璧南东篱小景]

东篱窗前几丛花,朝暮赐清嘉。风来也俏,雨来也俏,醉了吾家。

盆盆罐罐藏春在,枝叶任横斜。一墙光影,一笺平仄,篱外瓜芽。

## [西江月·旅途偶拾]

自许人间工匠,防弹装备专修。偶试吟哦度春秋,饱览山清水秀。

夙志不当刍狗,奔劳自诩铁牛。耕烟耕月自风流,唯叹容颜难瘦。

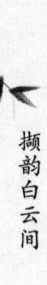

## [鹧鸪天·庚子夏梅雨有寄]

庚子梅黄雨色浓，远山近水尽朦胧。烟凝风湿莺声咽，叶重花重燕翅慵。

朝淅沥，暮迷蒙。午间日影透云空。古今多少阴晴事，尽在晨昏变幻中。

## [定风波·东篱下偶拾]

三月天空少有风，东篱今夜月当空。欲拽檐前星几颗，归我。穿成几串挂帘栊。

或共窗前添雅兴。恬静。或能为我壮诗胸。亮在心头馨在屋。词馥，眉头心上共融融。

## [满江红·建党百年之庆]

放眼神州，我中华，千畴盈绿。禹甸霾尘迷浊雾，申江树帜迎朝旭。百年伟业话崎岖，开新局。

复兴路，犹堪续；图强志，当同勖。赖攻坚脱贫，亿兆丰足。玉宇定着驰骏骥，金樽再庆斟灵醁。更浩歌重仰奠基时，怀芳躅。

# [卜算子·枇杷树下]

卿住岚坳头，我住河之尾。华盖擎天一树星，影入梅江水。

卿至正花开，卿去繁枝悴。安得重逢忆少年，啖我枇杷美。

# [清平乐·自题]

卅年如电，南北关山雁。共望婵娟一线天，但愿故人长健。

祖国是吾家，江山遍地云霞。脚下风涛翻卷，平生装备生涯。

# [鹊踏枝·旅途感赋]

书读人生翻数页。春去夏来，紫薇翻黄叶。皓月刚圆偏又缺，炎凉世态何须说？
但愿诗心长自洁。换得君心，不改清如雪。一经浮云生万劫，玉轮亘古光难灭。

## [西江月·重庆南川逢诗友]

诗是生活闲赋，亦为时令驱车。园中栽豆种南瓜，不敢狂称风雅。

有幸与君相识，舞文放胆涂鸦。论道经年无篱笆，管他春秋冬夏。

## [鹧鸪天·贵州仁怀别诗友]

骚风雅韵播词林，生活养性自修心。踏歌解梦黔岭唱，唤酒把盏对月斟。

伐旧木，做新琴，不言云外鹤难寻。一杯醇醪香诗径，别后情牵纵怀吟。

## [金刀错·璧南登云坪赏荷]

一岸翠，满湖香，芙蓉娇艳溢芬芳。蛙栖碧叶思千朵，鱼跃青罗梦万张。

吟翠袂，话幽塘。温馨摇曳水中央。凭君借得生花笔，写就柔魂雅客狂。

## [沁园春·辛丑夏访金陵]

中国散文创作联盟首次采风活动在山东烟台牟平举办，我由京华赴会，暮临南京有记。

落日如盘，远岱如烟，高路[①]如悬。正石城向晚，天光欲谢，华灯初上，车逐人喧。虎踞之都，龙蟠之境，伴却夏风到眼前。余晖里，有大江东去，浪举千帆。

何从追叙当年，又阵阵暮云过钟山。话秦淮歌舞，笙管如故，莫愁湖畔，台榭依然。紫水[②]寻幽，梅园撷秀，雨花台下识英贤。六朝地，过乌衣巷口，朱雀桥边。

注：①高路：高架桥。

②紫水：紫霞湖。

## [鹧鸪天·立秋日偶拾有寄]

预降暴雨正立秋，霜花却落玉人头。篱边菊瘦生怜意，岭上枫红不问愁。

清月隐，桂香柔。一腔心事与笺收。壮年碌碌身未老，诗海行帆不系舟。

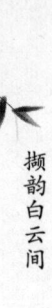

## [水调歌头·旅京华遥寄平川侠客①诗翁，祝福返沪吉祥平安]

初秋天气暖，吹绽桂子花。鸾笺何处飞坠，小字幻明霞。唤起金剑②旧梦，缥缈游心万仞，畅说古词家。京华倚栏望，芳草接天涯。

书一卷，人千里，月正佳。高山流水新曲，倾听心神嘉。莫道人生有限，请看无穷宇宙，日月自光华。澄澈词海水，同泛碧云槎。

注：①平川侠客：诗词家张德福先生网名。

②金剑：原"璧山金剑山诗书画社"。

## [鹧鸪天·夜读《古文观止》偶拾]

秋夜灯前一卷书，千年风雨满吾庐。曾抛赤子忧思泪，来绘人生砥砺图。

情似火，字如珠。苍苍天际月轮孤。相知若问名山事，一片冰心在玉壶。

# [水调歌头·参加中华诗词学会汨罗诗会过岳阳，登斯楼，归后有寄]

苍莽洞庭水，天下岳阳楼。浑漫一湖衔远，雄峙古城头。日照金波万顷，风起狂涛千卷，浊浪排轻舟。俯仰皆浩渺，州岳尽沉浮。

水天阔，平湖碧，山绸缪。千里登高望极，倚槛赋长洲。尽揽河山形胜，抒发胸中块垒，后乐以先忧。百代文章著，不尽长江流。

# [满江红·璧南端午早市]

晓月犹悬，赶早市，街灯未灭。摊点上，蒜瓣凝雪，椒堆似血。老叟幼童卷发妇，验称砍价高声说：多花色、有薄膜温棚，谁愁缺？

车拥挤，人紧贴；脚步急，声嘈烈。正人踪狼藉，叫卖声烈。东拣西挑花了眼，选肥择嫩忙难歇。笕篮满，睹活跃繁荣，同愉悦。

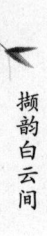

## [八声甘州·写意除夕夜]

又一年未负岭头梅，茕茕自横斜。正融风催晓，零霜化雨，欲动兼葭。闲看樽浮蚁绿，无意醉流霞。岁尾年头接，春到谁家？

去日纷纷过眼，向云山望断，总是天涯。问跳丸日月：几度浪淘沙？鬓渐星、童心未改，任移红换紫误英华。君休笑，遣情怀处，怡养兰花。

## [高阳台·春节寄友]

镇日淡寒，流潦去处，雨星风约梅香。庾信吟怀，闲愁误了春光。而今懒作悲秋赋，看枝头、柳吐鹅黄。想他时，燕剪晴空，百卉争芳。

人生几著风和雨，有潮消水涨，宠辱无常。且任蹉跎，敲壶应许疏狂。渝州寄语清流客，共倾杯、剑啸沧桑。让清风，传我真情，意气飞扬。

## [鹧鸪天·题东篱下菊]

老圃寒英斗雪霜，纵情绽放韵飞扬。频招青眼端庄态，轻过矮墙清淡香。

熏大地，艳重阳。花邀朗月伴流觞。人间堪醉东篱色，荡涤萧疏愁已藏。

## [行香子·旅京华应邀参观军旅书画展]

戎马匆匆，案牍重重。霜双鬓，岂做闲翁？寄情书画，共抒襟胸。看纸儿白，笔儿劲，意儿浓。

轻挥淡抹，舞凤翔龙。动人处，意化神丰。春山碧翠，秋叶嫣红。更霜中菊，风中竹，雪中松。

## [金缕曲·寄沪上平川侠客吟长]

夫子平安否？忆金剑，殷勤赐教，共斟醇酒。新冠肆虐势汹涌，迷乱浦江春柳。叹世事，白云苍狗。欲奏清商嗟难和，祈疫情一去皆星斗。舒醉眼，觅师友。

离愁茬茬如春韭，愿他年，相逢倾盖，豪情依旧。派遣诗魂寻好梦，虔诵绮章永久。算只凭，鱼书趋候。十载交游仄平路，更者番，短聚长分手。个中味，应同有。

## [鹧鸪天·璧南踏青]

远望缙云翠叠加，轻尘雨过净无沙。浓黄淡绿平畴彩，低燕高筝细柳斜。
疏密雨，浅深花。此情寄迹在天涯。挖来野菜缠成捆，把个春天搬回家。

## [思佳客·夹江"三父子"茶业赠"竹叶青"有寄]

客里殷勤谁似伊，新茶馈我浅封题。分将蜀水情千尺，浸出峨山月一眉。
鱼唼喋，竹参差。静中袅袅上烟霏。闲来小饮真如醉，梦入幽篁翠染衣。

## [鹧鸪天·京华寄友]

瑞雪无声也是春，羁旅京华又思君。赏梅陌上留诗句，听竹轩中推酒樽。
游碧水，话红尘。几回漫步对晨昏。恨无双翅天涯聚，化作悠悠一片云。

## [鹧鸪天·参加汨罗诗会瞻仰屈原祠]

簇簇榴花拥屈原，巍然屹立楚江天。高风永共山河在，辞赋长同日月悬。
思百代，问千官。此番凭吊可心安？不须竞渡夸身手，欲守清廉忆古贤。

## [浣溪沙·感赋二题]

### 一

绕过云山知几重,创业艰难忆行踪。忘年湖海未归蓬。柳絮离家飘远地,梧桐落叶瘦秋风。壮岁人在浪涯中。

### 二

时见街头行色匆,纷纷南北转西东。春风过尽又秋风。如牛拉车还负轭,壮年跋涉堪从容。耕夫总在碌忙中。

## [鹧鸪天·题东篱梅花]

惯是年年早报春,东篱守岁不依门。枝横劲健生仙骨,树老雄奇展瑞云。

近访客,送归人。披霜斗雪最精神。都言此物称君子,脱俗超凡不染尘。

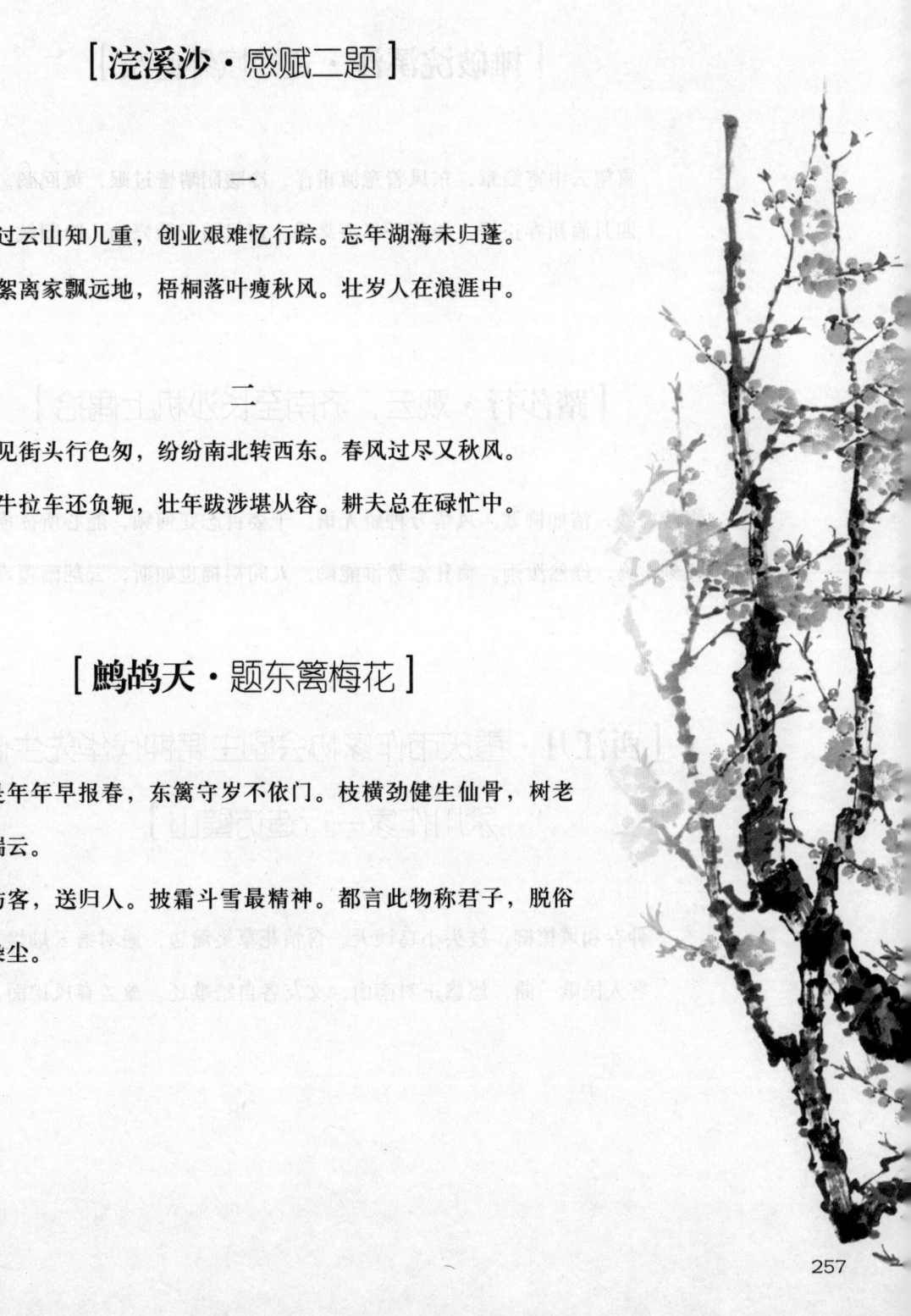

## [摊破浣溪沙·遥寄域外诗友]

喜望云中寄绮章,东风着意渡重洋。冷暖阴晴皆过眼,莫回肠。

四月渝州春正好,梨花开尽海棠香。何日踏云乘兴访,盼归航。

## [踏莎行·观云,济南至长沙机上偶拾]

飘若轻纱,洁如柳絮。风情万种娇无语。千姿百态变何频,随心所欲横天宇。

顷刻雷鸣,倏然泼雨。疯狂态势谁能御。人间祸福也如斯,云翻雨覆真难遇。

## [西江月·重庆市作家协会副主席钟代华先生偕永川作家一行造访璧山]

仲春和风梳柳,枝头小鸟谈天。含情花草笑篱边,遥对缙云灿烂。

客人民歌一曲,悠悠正对南山。文友各自踏歌还,盈盈春风拂面。

## [小阑干·璧南乡趣]

东风不管人间事,随分到山乡。溪草摇青,岩花铺紫。油菜映天黄。

潇潇一夜足春雨,土气溢芬芳。水满田平,鱼嬉浪细。飞燕唤晴光。

## [一剪梅·偶拾]

换景流年底事催,才见莺飞,又见樱肥。池边杨柳绿枝垂。几处芳菲,几处蒙迷。

倦客耕夫何时归?卅载碌碌,十载怡怡。余生有味是清时。兴在诗词,乐在琴棋。

## [浪淘沙·旅南粤夜读辛弃疾]

多少夜阑珊,把苦言欢。无边怜月怎容删?飞镜无根千古事,与尔何干?

独去倚栏杆,全是心酸。青春不变四时关。一片深情都毁在,南宋江山。

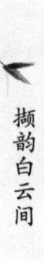

## [沁园春·过长沙访岳麓书院]

浩浩苍穹,渺渺荆楚,滚滚潇湘。有柳塘烟晓,烘霞开境,竹林冬翠,坐月留香。画栋丹墀,兰宫桂殿,一脉斯文共短长。风云过,看深情岳麓,凤鬻龙翔。

千年曲调悠扬。流九派,黉门绘异章。看肇源陶马,才情初炽,会研熹栻,学养高张。翰墨书亳,词章掩卷,万种风华百世昌。壮哉美,正山吟叠叠,水赋汤汤。

## [行香子·璧南春趣]

嘉木青青,野水平平。看江滩,白鹭飞横。幼童多趣,花圃传馨。愿同春住,共春伴,与春行。

梅江垂柳,深情饱览。让燕儿,带走虚名。杜鹃鸣唱,布谷真诚。有瞬间阴,瞬间雨,瞬间晴。

## [清平乐·长沙夏暮即景]

瑶华锦幌，暮色余晖恍。展卷流霞多彩漾，浑忘营营两两。光动细浪微花，心期走近宁嘉。多与先贤神耍，夏来独品莓茶[1]。

注：①莓茶：湖南张家界产。

## [鹧鸪天·贺中国散文学会第四次全国代表大会召开]

京华春色景可观，风流文采盛衣冠。散文再启新天地，书写时代锦绣篇。业启后，又承先。复兴路上风貌传。境界宏开知多少，立言立德上高端。

## [阮郎归·访贵州习水"中国丹霞谷"]

槐花落尽满山空，枝头群鸟喧。风来林海起波澜，谷中响瀑泉。山岭静，草花鲜。临风立岭巅。群山起伏启心宽，陶然云海间。

## [鹧鸪天·璧南夏景]

青草池塘蛙鼓融,荷花摇曳惠风中。一行鸥鹭来天际,几树荼蘼失影踪。

芭蕉绿,石榴红。田园春色去匆匆。夕阳晚照梅江上,归鸟啁啾鸣晚空。

## [鹧鸪天·读平川侠客吟长《病榻寤寐吟》有寄]

半做知音半做师,春花秋月两由之。已将大雅修成海,剩有闲情皆化诗。

天尽处,雁来时。夏风染上最南枝。林间借得经霜叶,题寄心笺君莫辞。

## [临江仙·壬寅中秋夜拾句寄台湾诗友]

灯火一片风万里,算来尽是缘由。年年耕夫上高楼,皇皇看北斗,何况月悠悠?

海峡传来诗四叠,似追震动心头。百年遗恨是金瓯,江山何一统,能解老兵愁。

# [长相思]

梅江流,长河流,耕夫行吟漫索求,江湖险路重。

思悠悠,情悠悠,云帆高挂愿正酬,壮歌出渝州。

# [菩萨蛮·东篱翠竹]

琅玕挺秀摇清影,虚怀惯对星河耿。得地便安身,逢春益有神。

凌云欣有节,霜露知青骨。一任雨兼风,依然仰碧空。

# [西江月·咏怀]

三思方举步,百折不回头。盾之王砥砺三十年,我从青年至壮岁,额上的皱纹、心中的沟壑记录这一路的沧桑。书有道,艺无涯。我跋涉在庄子的"无涯之旅"……

忠诚守信人方立;求实有恒事乃成。

时序快如流水,鬓毛已染霜花。劬劳逐梦慰生涯,独爱吟诗品画。

豪饮一壶浊酒,淡看半世浮华。咏怀格物任由咱,纵马春秋冬夏。

作于 2022 年 9 月 17 日胶东半岛旅途中

# [渔歌子·农舍四题]

### 灶 台

垒入千秋百姓门，燃红晨暮总亲人。
烟火味，饱温恩。年年有祭正迎春。

### 谷 场

坦坦一方傍小村，收秋收夏千多春。
金粒仔，碧芳芬。酬劳代代耕地人。

### 扁 担

竹木修来体一杆，悠悠担上万家肩。
轻复重，后和前。挑走昨日挑明天。

### 水 瓢

长自村园菜栅丛，涓滴滋孕育圆融。
成劲骨，阔宽胸。番将潋滟舀怀中。

# [渔歌子·春韵四弹]

## 一

小镇春来几处明,梅江重柳万条冰。山不寐,水生情,东风一夜扣窗棂。

## 二

手把春风上竹楼,孤怀听鸟夜轻柔。星点点,月弯钩,钩来一片惹云愁。

## 三

残雪消融路自通,不经留意过寒冬。霞万道,丘千重,璧南河畔柳千重。

## 四

君自何年欲问之,妖柔撒下半春池。吟百态,赋千姿,风来早已动青丝。

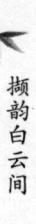

## [蝶恋花·东篱下咏怀]

借问翠庭深几许,岁月如烟,淡泊风尘去。欲向吟情兼尺素,挥毫自习寻真趣。
墙外香楠青鸟语,云淡风轻,熟了枇杷树。应是荔红妃子遇,清心闲读坡公句。

## [鹧鸪天·千岛湖江游]

平生幸得此航程,尽兴碧波逐浪行。花竹数丛添画意,屏山万叠动诗情。
烟渺渺,水盈盈。横空照影两娉婷。何当共引流霞醉,手把螺卮满满倾。

## [西江月·商旅途中偶拾]

离了渝州江岸,冲开漠漠云天。此生此地这些年,南北东西已遍。
目下知音少见,高山流水长弹。我自孤啸抚心弦,划破微尘界限。

## [鹧鸪天·贺杨祖文老师七十大寿暨诗集出版]

策杖行吟金剑东,诗人佳兴古今同。心随飞鸟翔云际,思逐流泉溅彩虹。

情切切,意浓浓,自将忧乐放胸中。沧桑历尽风光好,更觉霞光分外红。

2014年11月8日丁家

## [八声甘州·感怀平川侠客君为拙著撰序校勘有寄]

有天风飘飘金剑[1],载煦心胸,喜词坛砥柱,缘结吟哦,时光匆匆[2]。千里金针遥度,谈艺启吾蒙[3]。诗群施善举,读写硬功[4]。

雄文铿锵亮眼,慰我心中梦,梦绕梧桐。拙著平平矣,校勤一何工。君高谊,光芒四射,引耕夫奋力上高峰。盼年年,璧南河畔,聆仰儒风。

注:[1]金剑:在璧山区境内,原璧山诗书画社借用其名。

[2]与平川侠客君结诗缘二十载。

[3]平川侠客君旅居上海经年,时常对吾习作指导,遥距千里也。

[4]在璧山区诗词学会微信群里,平川侠客君不厌其烦地指导诗友创作。

## [渔歌子·璧南杂咏]

一

山后山前尽是花,红如炉火艳如霞。
播稻种,采新茶,春来忙煞百千家。

二

霞似轻纱绕翠微,山山莺啭子规飞。
催布谷,唤堆肥,牧童踏月放歌归。

三

阵阵花香挟晚风,此山淡淡彼山浓。
松弄影,月当空,声声长笛竹篁中。

## [浣溪沙·旅途偶拾]

绕过云山知几重,只凭记认行踪。经年湖海未归蓬。
柳絮离家飘远地,梧桐落叶又秋风,壮岁仍在击浪中。

## [望海潮·秋访四面山]

秋临群岳,凭高望断,渝黔百里层峦。四面山头,翠微满目,苍鹰翱翔雄关。举目见飞岩,叹瀑垂绝壁,直下深渊。云树遥遥,危岩高处有人烟。

平生最爱山川。读郦经水注,游记诸篇。足下旅途,心中世界,每与山水缠绵。常欲写奇观,恨胸中墨少,笔下无言。且趁风清气爽,携手上崇巅。

## [满江红·黔江小南海]

极目湖山,秋阳下,碧空澄澈。明镜里,远峰凝翠,游船如叶。小南海里柔波涌,一船诗友情炽热。问苍穹,地覆天翻后,青云接。

云生处,烟水阔;鹃声里,关山叠。任风流文采,尽情宣泄。欲赋新词须把酒,上天为我倾明月。乘爽风,移棹击清波,歌无歇。

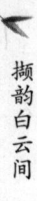

## [沁园春·"七一"献词]

江河纬地，日月经天，豪迈春秋。古国开盛世，呼云唤雨，摘星换斗，禹甸风流。太空建站，火星探奇，璀璨高科献鸿猷。越千载，看江山锦绣，壮哉神州。

吾党掌舵潮头。虞弦美，九瀛绿万畴。人民是江山，江山人民，雪融风惠，星斗悠悠。龙振雄威，人文蔚起，国运飞腾唱丰收。天惊破，阅复兴春色，天宇飞舟。

## [调寄《西江月》·自嘲]

年龄五十郎当，学历高中毕业。少年即怀缪斯梦，酸甜未改衷肠。

文学明知白搞，任凭人笑癫狂。功名利禄身后事，何如笔底流芳？

## [卜算子·璧南河踏春]

春在璧河滨，人在河滨坐。油菜青青贴地生，怀抱春光卧。

轻雾霎时来，又被风吹破。难得投身大自然，山水都瞧我。

## [玉漏迟·丁酉除夕试笔]

火树银花声隆，依轩四顾，霓虹灯妙。永夜喧嚣，又一载匆匆了。休数流年岁月，劳与碌，俱随烟杳。欣有酒，诗声伴我，持箫傲啸。

世间莫道冷暖，且恁手中杯，酝酿辞章。人伫东篱，江海剑心仍抱。若得风惠我，不孤负，梅兰松筱。该大笑，掷却俗尘烦恼。

## [木兰花慢·晨读寄怀]

春晴天欲晓，纱窗外，月窥伊。问壮年儿郎，读几残卷，唐宋诗词。书三担，才半斗，效三更灯火五更鸡。素谒先贤大雅，萧斋襟抱开迟。

每于黄卷有心期，朝夕总相宜。任世态无常，余心坦荡，此情玩痴。东方白，添爽气，正耕夫学海挂帆时。舅父庭训在耳，枝头喜鹊催诗。

## [西江月·璧南夏雨即景]

昨夜一番阵雨，溪塘到处蛙声。池边又见翠荷生，水下亭亭倒影。

欲唤童年好伴，再来三五成行。村前村后捉蜻蜓，心系悠悠白云。

## [西江月·庚子春偶拾]

杜鹃声中春雨,蝴蝶梦里海棠。黄莺两个东篱藏,细诉别来无恙。

红日东山渐起,风摇珠露微凉。手拿一卷好文章,我自浅吟低唱。

## [西江月·璧山春趣]

细雨潺潺帘幕,东风袅袅平沙。红娇紫姹灿如霞,一抹春光如画。

灯下汉书慢理,窗前花影横斜。诗心托月到天涯,权作西窗夜话。

撷韵白云间

「赋」

大知閑閑,小知閒閒;大言炎炎,小言詹詹。

莊子語
耕夫

## [东篱植兰记]

吾居渝西璧南,二十年前购得祖宅周边之地 39 亩 6 分,植园,取名东篱下。

商事、书翰之暇,植兰为娱,案头窗前,置幽兰二品,凡数十株,以春花赤心素草为尚耳。悉心呵护,越数载,长势甚茂,经秋吐芽,当春绽花,随风溢香,心中嘉悦,未可详尽也。顾卿身自草莽,肇乎自然,临溪岩菅艾为邻,栖深山松竹是友。送朝晖,迎玉蟾,不娇媚争艳;空寂无言无名利之虞。风雨肃杀,岂夺其志;霜雪凌厉,不改其本;承日月之辉,秉乾坤之灵。清馨独擅,霭霭岁月滋兰九畹,悠悠生平树蕙百亩。见赏于王侯两千年不朽;

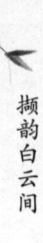

喜纳于士庶逾百代不衰。会俊炳灵，和光同尘，清操独守。嗟夫！此君子之德，国人之魂矣。黄鲁直赞士之才，盖一国曰国士；花之香，盖一国曰国香，非佞语耶。余数稔殷勤，略知于斯，感其性，是为记。

山不在高有仙则名水不深有龍則靈斯
是陋室惟吾德馨苔痕上階綠草色入簾
青談笑有鴻儒往來無白丁可以調素琴
閱金經無絲竹之亂耳無案牘之勞形南
陽諸葛廬西蜀子雲亭孔子云何陋之有

劉禹錫　陋室銘　耕夫

撷韵白云间

「新诗」

## [今夜,清风识字]

今夜,品茗东篱

今夜,清风识字

檀香袅成恬适闲坐的模样

陆羽从经页里走来

扇燃了红泥小火炉的榄炭

轻轻拈起孟臣罐

虚掩如菊的心扇

聆听由远而近的足音

等待一个旷古的友人出现

我在想

他会是大庇天下寒士的少陵

不摧眉折腰事权贵的青莲

是欲为圣明除弊事的昌黎

还是心忧卖炭翁的乐天

我在氤氲的茶烟里看见

他们结伴而至围于青玉案

诉说着各自的悲欢际遇

衣带渐宽

灯火阑珊

红尘千丈

一柄啸傲江湖的鱼肠剑

随大风歌沉入孤愤的沧浪

溅起的鲛珠

一颗颗叠起书斋

一方避秦的桃源

## 〔七夕咏叹〕

一座鹊桥

两颗闪亮的星

流传着一个浪漫的故事

每年这个日子

我都会为那千年不变的约定

仰望天空


银河上　此岸到彼岸

就是一个名词的距离

那样地近却相隔一生

咫尺天涯的短暂相聚

飞扬漫天的流泪雨

那是祈盼人滑落的泪痕

今生　有多少真情

写进了七夕

又有多少让人泪湿衣襟

七夕　年年岁岁

在那页发黄的农历上

咀嚼相思

## [春花]

昨夜

风，在神女峰下呼啸

你悄然绽放在我梦中

一朵，两朵

羞涩涩地笑着

在神女溪的两岸

在报春的枝条

## [端午节随想]

### 一

每年的这一天

所有的目光被雨水打湿

所有的思绪都在汨罗江畔回荡

所有的思念都如同甘醇的粽子

被一层层地剥开

每年的这一天

所有的期待都被时间穿越

所有的解读都在沉思中释放

所有的艾草都在燃烧中丰富内涵

诉说着一个千年的传说

每年的这一天

所有的诗歌都在《离骚》中绽放

所有的虔诚膜拜

都在苇叶的飘香中肃穆起来

所有投江的孤独

都在龙舟的号子声中走向远方

## 二

你吮吸汨罗江水的乳汁

眼里饱含酸楚的泪花

徘徊贮满鲜血的战马蹄窝

风化成坚硬的音符

随迷蒙的波涛连天翻涌

当年山河破碎

你满怀愁苦忧伤

纵身一跃

豪情万丈

把爱国之情

把哀民生之多艰

沉落进清澈洁净的江流


划破天空的弧线闪烁燃烧

把五月的日子照耀得火红

这一天　因为有了你

在威武锣鼓的震撼里

龙舟似无羽之箭

射向江河深处

捧一杯雄黄酒的醇香

挂一株艾草的翠绿

把五月装扮成浓烈缤纷

让少年不识愁滋味


浪游的诗魂游荡了千年

长江的浪花

珠江的藻草

黄山的青松

泰山的钟声

西蜀栈道的小毛驴

雪域高原的藏羚羊

东海之滨的丹顶鹤

都在深情地呼唤渴望


时光的流水

淘尽了多少帝王将相

洗尽了多少英雄豪杰

冲刷不掉你墨香里的诗章

数风流人物呵

不屈的屈原

一张苇叶

一角米粽

是我们跨越千年的拜会

你用泪写就了过往的诗情

你用心把诗歌的火炬点燃

后浪推涌着前浪

永远奔流激荡

# [乡情]

再不敢回想

那杯惆怅

如何醉我于昨夜枕旁

再不愿梳理

寂寞情绪染满忧伤

真怕风铃般乡愁

在他乡屋檐下摇响

今夜　静观

故乡的河在月色里流淌

一叶孤舟　满载殷殷思念

伴悠悠橹声

起航……

## [乡村晨韵]
——璧山广普登云坪小记

太阳早早起来

在山顶翻晒

遭露水濡湿的心情

一条老实巴交的水牛

沾满农事　俯身

探听禾苗的情话

炊烟

铺开悠悠长卷

开始书写一天的传奇

汲水归来的村姑

互换着笑容

让桶里的水不禁心花

怒放

[耕夫行吟]

## 月 华

月落在人间

我在这头皎洁

你在那头思念

我们掉在这韶华里无尽无边

用尘世的名字诉说温暖

月悬在海天之上

兜着传说的美丽

从柳梢头到晓风后

秋的圆满和惆怅一一飘散

化作片片黄花与红叶

## 莲

把泥踩在脚下

才有资格拥抱太阳

把爱举成一枝新荷

才有蜻蜓立于其上

把绿铺成无尽的诗笺

才有一首激情的诗章

把歌唱成炽烈的夏风

才有随风荡漾的芬芳

在淤泥中恪守纯洁的信念

才有了蓬勃生长的力量

## 山水辞

念一句古诗,结识一位古人

心中油然生起一片好山水

山绿,水也绿

只有在过去的过去,你才是你。时光深处

一棵冬青树立在山岗上，斟饮溪水

天上的云也斟饮大地的酒，太阳一出

就醉红了脸

我最爱游江南的阔叶林，月亮是李白的

其他都是你的。绵延起伏的远影

波光粼粼的绸带。蛙声嘹亮

一响

两响——响响入心

于是建起一座村庄。陶潜来了

王维做邻居。杜甫来了

春风葺茅屋。山水之下

是一层一层的古人

你站在他们肩上，观看草在风中舞剑

九万里画卷

谁都可以站在上面题诗

## [榴炮三连的战友，你还好吗]

牛田洋里

我们曾一起日晒风刮

训练场上

我们曾一起摸爬滚打

焦山脚下

我们曾一起醉读晚霞

广西前线

我们曾一起将忠义解答

近四十年的光阴

仿佛就一刹那

战友，你还好吗

还时常忆起我们在一起的青春年华

战友，流年如水

逝去的是岁月

沉淀的是牵挂

这微信的平台

又把我们带回了

在一起的军旅生涯

## [夜读南唐后主]

握一管狼毫,让残缺的笔

书写家史里盛唐的长歌辽阔

你的手颤抖不已

卷帛上曾经遒劲的雄心,以及

金陵城里旖旎绚丽的旧梦

被一杯掺杂了剧毒的赐酒

终结在传说里,情人相会的夜晚

三千里地山河,在仓皇之间凋落

黎庶痛苦,美人泪掩

让暮春的江南,撒满了戚戚落红

浸沧着你四十年来

风雨摇曳的家园

干戈几许,击碎了柔情帝王

最后的傲骨,割几段愁肠下酒

将往事放进故国的明月里打磨

词句开始变得深邃而沧桑

奈何国破河殇,至此

一口亡国的命运黑锅

让你整整背负了一生

是夜,手捧你饱满的惆怅

将你一生的沉沦读穿

如果有来生,你是否还会

做一位才情卓绝的君王

惯看春花秋月,卷起红尘珠帘

反复锤打,读词者

内心的柔软

反复叩问,读词者

心中的禅思

## 【伴着你的诗行飞翔】

把寂寞装进我肩上的行囊

让快乐赶走你心中的惆怅

朦胧的月光依旧那么金黄

总希望在樱花绽放的时光

你紧紧依偎在我身旁

总盼有一天像候鸟一样

无拘无束栖息在像青石镇的地方


暮云朝露，烂漫春花

让我把这颗心

系在你那诗歌的翅膀

飞翔

## [采了一株玉兰]

我采了一株玉兰

在春的三月

缪斯的园里

她迎着我

在春风中摇曳

不忍美就此离别

于是　凡心萌动

将她采摘

然后珍藏

置放在心房的一角

饰上元青花的瓶座

培上泥土

浇灌养分

年年灿烂

纵然

到了风烛残年的时候

也要将她制成标本

贴在胸前

干脆

让她随我的躯体燃烧

化作青烟袅袅

伴我灵魂

升入天堂


在春的三月

缪斯的园里

我采了一株玉兰

## [旅途寄人]

借一片巫山的云岚

缭绕在神女胸前

俯下身去亲吻峡江的柔波

我那弹琴的伊人

在水一方


在水的一方

神女峰下

有我弹琴的伊人

行行跃动的诗句

仿佛神女的歌唱

天籁般的绝响

浸透我的胸膛


愿你舒爽的诗行

让峡江红叶更灿

愿你沉雄的诗行

使渝州壮美昂扬

更愿你春潮带雨的歌唱

把我游子的脚步

牵引到缪斯的天堂

借我一张七弦琴吧

弹奏离别的惆怅

你那素心粉面

绽放巨浪狂涛

神女蓦然呐喊

两个笨笨

快把对方吃了

融入身体的骨血

蝶化诗的魂魄

……

## 您就是那弯月亮（外一首）

我向李白借一捧床前的月光

请您悄悄替我收藏

我劝苏轼再饮一杯家藏的茅台

醉了他的亢奋和疯狂

据说，那个擅长写离别的江淹

还徘徊在南浦那个老地方

据说，那位忧郁伤感的李商隐

依然痴痴地盯着碧海青天的月亮

于是，我借一面嫦娥的镜子

照出李易安旧时的梳妆

将她的那首小令

悄然放入我的行囊

今夕，难觅大雁成行

今夕，没有秋露凝霜

我纵然用苍穹的千万颗晚星

也锁不住西楼飞舞的罗裳

您，就是那弯月亮

挂在我斑驳的心墙

宛如您眼中的那片白云秋水

将我一叶心舟系在那明月送归的渡头……

## 泉

三十九度的水温

翻腾了疲惫

两颗心

荡漾着……

我的绿蜻蜓呢

不知躲在了哪片樟树叶

贵妃沐浴

我是唐明皇吗

这算不算坏

## [黔江月]

花间的那壶酒,你干了没有?
请再斟上一杯,我还没有喝够


你怎么越走越高?为何躲到云后?
今晚你邀我到小南海,约定好要一醉方休


干了这杯,你圆圆的脸透出娇羞
更进一杯,你激动的影有些颤抖


黔江月,你醉了
醉得无法牵到我的手
黔江月,你醉了
醉得不能陪我一起走


黔江月,你醉了
醉得泪往我的杯里流
黔江月,你醉了
醉得你踩着我的影子走

## 〔秋天，唱给重庆的歌〕

秋天　在十五月圆的秋天

我唱一支歌给故乡重庆

嘉陵江扬波　武陵山舒臂

五大功能区的蓝图

不单是个概念　字眼

是三千三百万黎民的愿景

是充满温馨的阳光　雨水

是重庆人上天入地的力量

是重庆人心里梦里的依托


秋天　在十五月圆的秋天

我唱支歌给故乡重庆

在通往富强的路上

我伴随着你顽强地跋涉

五大功能区的全面完善

前方的目标还很遥远

眼下除了上坡还是上坡

你的车子负载过重

请给我纤绳吧

勒进我年轻的肩膀

我诚然是微不足道的

我渺小　普通且笨拙

而我即或是一棵小草

也要为你牵来一缕春色

即或为泥沙　也要自己

砌进你大厦的墙缝里

我是你绵延山脉里的

一块石头

我是你绿色田野里的

一粒土

我是你滔滔江河里的

一滴水

我是你郁郁森林里的

一片叶

为你没有拉直的道路

为你没有填平的沟壑

为你没有清理的废墟

为你没有撒籽的荒坡

我深躬下身躯

拧紧我从早到晚的生活

让心中的激情飞翔在笑脸

当阳光抚摸着红色的山岩

一座美丽的城市

将屹立在中国的西南


秋天　在十五月圆的秋天

我唱一支歌给故乡重庆

西湖的碧波　漓江的水

比不上生态保护发展区的乌江美

雨后的彩虹　清晨的霞

怎比那城口彩叶艳如画

十五的圆月　满天的星

怎比那未来火树银花夜重庆

故乡重庆　重庆故乡

迎着秋日的朝霞

起航

## [神女峰下]

神女峰离我近了

神女离我远了

峡江水也丢了魂

没有了一泻千里的豪迈

"不尽长江滚滚来"的浩然雄浑哟

只能在记忆中找寻!

缓缓漫步的峡江水

述说着、述说着……


截断了

巫山云雨

高峡出了平湖

截断了

峡江亿万年的磅礴

截断了

我大江大水的自然壮美!

## [写给陆放翁]

寄自沈园的锦书

情挚　凄美

山盟留在愤懑的心海

血泪填写的《钗头凤》

染红伤心桥下的春波

还有沈园翩飞的惊鸿

九百年　震撼怀春的少男少女

细雨骑驴剑门关

少了缠绵　多了豪迈

银钩铁画酒添兴　诗雅词清笔带香

铁马冰河　戎装伟岸

大散关的秋风　凛凛然

冰生寒岁后　垢忍达人前

一枝香如故的梅花

在华夏诗歌的长廊　绽放了九百年

示儿不言身后事　乃翁八十耽国忧

九百年后　暮年于右任

吟《望大陆》而泪下

民族浩然气　诗心古今同


放翁　诗人中的伟丈夫

高怀同霁月　雅量恰春风

您用一生诠释诗的脊梁

我寄一缸家酿的黄滕酒

请将它珍藏

多年后　我也步入天堂

邀苏东坡　辛稼轩　还有范仲淹

不必关东大汉铜琵琶　只几个词牌下酒

高诵《破阵子》《永遇乐》同唱大江东

# [十月，我听见九龙坡在歌唱]

十月，我听见九龙坡在歌唱

唱着奋进的歌，奔向远方


远方，是中国的梦想，是时代的梦想

像彩虹一样美丽

在时间的手腕上，九龙坡已经绘制

八大功能板块的蓝图

无论纤细还是粗犷

无论纵横还是驰骋

都朝着梦想的方向——


那些桃花盛开的地方，日子芬芳

那些音乐弥漫的琴房，孩子健康成长

艰辛的劳作与全方位的思考

都意味责任和力量

阳光铺展开，照耀美好生活的愿望

是的，九龙坡，大气磅礴，抖擞精神

成为大重庆的臂膀——

在花草飘香、绿树成荫的地方

在高楼林立、商业繁盛的地方

我听见九龙坡，在万马奔腾中放声歌唱

奔腾的是长江的灵魂

生长的是土地的梦想

飞翔的是天空展开的鹰一样的翅膀

九龙坡，怀揣着前进的梦想，上升的梦想

在跨越发展的正确轨道上，奔向远方——


谁是投石问路的先哲，九龙坡

问船棺，问新石器时代的斑驳

问化蝶的梁祝，问邀月的东坡

问舍生取义的巴蔓子

九龙坡的先民，叩问灵魂

九龙坡人奔涌的血脉里

从未停下追寻的脚步，奋进的身姿

在走向新时代的经典里

九龙坡是坚实的，也是自信的

正全力合奏一曲不朽的交响进行曲


十月，我听见九龙坡在歌唱

在跨过了曾经坎坷的道路上

在穿越了曾经迷雾的风景里

我们望见了多情的金马湖

金马湖的蓝色波浪，涌动，激荡

走马岗上放声歌唱，故事，悠长

九龙坡人远航的船长，正在眺望

天边奔涌的霞光

从此，春天不再彷徨——

十月，我听见九龙坡在歌唱

春风让枯萎的花地变得葱茏

夏雨让繁盛的蛙鸣变得沸腾

秋光让田畴的渴望变成成熟的金黄

冬韵让九龙坡人，个个沉思默想

不再盲从，向更高处眺望——

在明媚而又敦厚的季节里

梦想发芽，长出灿烂的曙光

洒满九龙坡人的家园，工农商学兵

跃动着健伟的身姿

一百一十万同心前行的九龙坡人

任何一种起飞的姿势

都站在了奔向未来的起跑线上

因为理性与尊严，梦想和良知

正召唤着每一个有血有肉有情有义的人

是的，只争朝夕，少说多干

是的，只有这样，才能够去拥抱

绚丽如虹的明天


十月，我听见九龙坡在歌唱

唱着奋进的歌，奔向远方

# [写给阿妈的七十寿诞]

（朗诵：周淼）

您几十年手中的线和针

缝就了衣衫暖在儿女身

您带走了寒冬千里雪

换来了我人生金秋好收成

您默默勤劳心坦然

欣看儿女渐成人

阿妈，无论为您做什么

都显得太少，都显得太轻！


您独承劳累与辛酸

留下春晖儿女间

润物无声养育恩

此情最重比海深

您熬干了心血化晚霞

留下了白发一根根

阿妈啊，无论如何报答您

都显得太少，都显得太轻！


您走过风雨七十春

儿女的甘甜里有您的苦涩

儿女的欢乐中有您的酸辛

我们人生航船的桅顶上啊

永远飘扬着您的祝福与叮咛

阿妈，慈祥的母亲

我吟唱这短短的诗行

是把祝福的歌向您放飞

我们用寸草心摆设华筵

报答慈母三春晖

祝福寿星：

夕阳无限好，美哉彩霞飞

2014 年 7 月 30 日（农历七月初四）

## [夜宿龚滩]

沿着蜿蜒的乌江
我像探险家
循你而去

迎接我的
不是满江渔火
和璀璨的街灯
你像处子
依偎在乌江的柔臂

简陋的木楼
临江而立
我将身体与灵魂
伴着江风
与你相拥
那晚
梦也甜了

## [中山古镇]

书中闪闪烁烁的往事

构成了你的背景

街头平平仄仄的音韵

凸显着你的风情

地上曲曲折折的记忆

延伸着你的旧梦

我这飘飘洒洒的诗行

滋润着你的心灵

啊,中山古镇,我走进你

走进你心中的淡定

啊,中山古镇,我探寻你

探寻你那诗意的朦胧

木门边那斑驳的相思

涂抹出你的宁静

屋前纤纤细细的牵挂

勾画出你的轻盈

笋溪河日夜不停流淌

升华了你的意境

古石磨吱吱呀呀的倾诉

传达着你的心声

啊，中山古镇，我走进你

走进你那历史的天空

啊，中山古镇，我阅读你

阅读你那绵延的生命

撷韵白云间

[ 想做一个书生 ]

我不是苦吟诗人贾岛

半夜还去敲古寺的门扉

然后推敲出拙劣的诗句


我不是豪迈英武的曹孟德

站在一个荒岛上横槊赋诗

把一腔感叹送给伏枥的老骥


我更不是英俊美貌的潘安

驾车行走在洛阳道上

邂逅一些掷果示爱的美女


我也不是南朝宋的羊欣

有幸让他舅舅王献之

将行草写满白色的裙裾


我当然也不是宋朝的苏轼

可以带着心爱的书童

月下探访黄州的赤壁

我显然不是上古的"葛天氏之民"
三人一组舞牛尾而歌唱
留下动人心魄的古曲

但我可以是西汉的张敞小吏
快乐地为心爱的人画眉
干脆做一个凿壁偷光的书生
为了看清一个亘古不变的语汇
不惜凿穿历史的坚壁

## 【我们的诗和远方】

我的心在唐诗宋词里疯长

长出了相思绵长

长出了一生等待

笔墨在书笺上轻舞飞扬


我的梦在吟风颂月里流淌

淌出了多少沧桑

淌出了多少感慨

思绪在时光里回味悠长


爱与被爱都是沉重的行囊

爱过终是空欢喜一场

被爱时心总是在游离

滚滚红尘空负诗和远方


梦与梦碎都是上天的馈赠

把情怀存放过往

磊落与豪迈置入心房

悠悠岁月独剩诗和远方

[新诗试笔]

## 秋　韵

遥远的秋色

佛寺舀出的钟声

浸染在烟的苍茫里

黄昏的软刀

切不碎落叶的烦忧

风听见了梁祝的倾诉吗

梧桐漏下的月光

写下了昨夜的唠叨

流水渐渐爱上了一个人

石缝里门锁尘封的心事

断断续续吹落的信笺

摇晃一地枯藤

行吟的诗句

匆匆忙忙赶路的大雁

应该读到了远方人的心思

## 无 题

春风捧出的花瓣

一片一片折叠成回忆

夹在小溪流的柔波里


蝌蚪的游弋会将故事荡开

夕阳伸来的手

触摸连串的音符


月亮船徐徐摇来

经不起八千里的云和路

柳条起伏轻弹桨声


相遇总在斜阳拉长的小巷

走过的风景

摇晃着屋檐外的风铃和窗台


千百次徘徊的爱情

摇不出河汊，流不出岔口

泊在水里的船何时登上彼岸

## 信 笺

燕子飞回时

放在小嘴里衔着的信笺

能否带回蟾宫里的一场梅雨

燕子还在途中

如果路上相遇香枕上的黎明

一定藏着杨柳的千种风情

寄来的风，捎带的雨

请暂时交给秀湖倒影的眸子

那最深的空旷，叫熟悉

春天的房檐下有燕子

鹊桥上有守候在此的蚂蚁

水里的游鱼揉碎了水草的心思

天地有飘萍,时间永流逝

谁轻轻拆开了信笺

推开了阳光清扫后的玻璃

中国散文学会邀请去广元采风，走古蜀道、登剑门关……一稿广元，改稿怡心阁。

## [剑门断章]

站在剑门关

这城墙上的每一块石头都像一笔隶书

一笔一画入木三分掷地有声仿佛每一块石头

都会渗出血来

每一缕从石头缝和青苔间漏过的都是汉风

都暗藏着密码言语汉字箭镞雨雪将帅兵士

沿石阶而上剑门关的人都会努力摁住

随时要蹿出的火焰

每走一步，仿佛都能听到战鼓擂擂号角连营

吹破夕阳旌旗猎猎以及历史天空中寒鸦的尖叫

每走一步，仿佛都能看到凌厉的闪电动魂的惊雷

羽扇纶巾哀鸿遍地战马长嘶以及沙场上空寒月照射下

将士黑色的铁衣

用一块尖锐的石头

敲击另一块笨拙的石头

用一把锋利的刀笔

在一卷竹简或木牍上

刻出刀光剑影血雨腥风家国江湖红颜佳人

刻下前路漫漫，刻下马蹄声碎、车轮滚滚

刻下丝绸、汉服、纸张、蚕丝、糖、茶、盐和瓷器

刻下诗歌里这些安静的名词、动词和形容词

刻下颠簸中闪耀着远离故土的惆怅

一个世纪的乡愁

从此定格在最后一个长河落日

苍茫、弯月、粮草

那些年那些书信

是将士们用飘落的白云和如血的晚霞写的

轻拂剑门关上的黑瓦

离离原上草

那剑门关外的一鬓白发是你给的吗？雄关登天

此刻，一只鹰正在剑门关上盘旋

一滴水有了温度

断然消融在炙热的掌心

我想在剑门关的每一块匾额每一根廊柱上

拭去风尘、灰尘、汗渍、血渍、刀痕和风霜

在城楼里的白墙壁上挥毫狂草

在每一块有棱角的石头上写刻下英雄的姓氏

故乡

我的故乡，壮士的故乡

一轮圆月的故乡

在一壶烈性酒里陪我们走出关门，仰天长啸

此刻，大地晃动了一下

趁我还清醒

趁那把醉卧在雄关古道上的古剑

还散发着潇潇寒气

历史转瞬湮灭

今夜

别叫醒我别打搅我

我要独自枕着山顶的星空

入眠

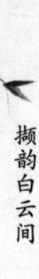

戊戌中秋，诗人赵兴中倡议"中秋诗歌朗诵会"，一时兴起，学新诗手法凑短章。

## [贤人咏叹调]

### 李太白

异乡的井栏旁

如水的月光倾泻满地

惹得你遐想无尽

抬头与低头之间的吟咏

便成了千古绝唱

### 张 继

寒山寺的钟声

过了千年

依旧在回荡

夜泊枫桥时的落寞

成就了一座文化名城

## 杜 牧

唐朝的一场清明雨

果然不凡

飘飘洒洒到了今天

从杏花村里溢出的酒香

醉了北国南疆


## 陆放翁

古往今来

你的不朽诗篇

令多少人

跋涉万水千山

寻求柳暗花明的境域


## 李易安

物是人非

疯狂的西风卷起珠帘

心里愁云拥挤

你瘦成一朵经霜的菊花

摇曳着浅吟低唱

### 晏 殊

面对凋谢的花朵

归来的燕子

你感叹了十个世纪

可又有谁

能阻挡四季更替呢

長養浩然氣
静觀無字書

## [中华,美丽的画卷]

把中华比作一幅画卷

奔腾的江河连绵的青山

泼墨而出的白云和黑水

工笔细描的三月烟雨江南

我的心在你的长卷上跳动

情飞扬,向着碧水蓝天

我却爱你,未曾入画的美丽

每一寸,都在我的眼前


为中华再作一幅画卷

灿烂的朝霞,祥和夜晚

闲笔写意中,幸福的笑脸

布局留白处，城乡绽新颜

我的心在新的长卷上追寻

旭日升腾处，民族复兴号角鸣

"一带一路"的故事

美丽了各肤色的人民

东方的睡狮

正长啸高吟

还有太多

未曾入画的美丽

都装在我的心间

## [画卷]

淡淡地升起了

故乡的炊烟

曾经几多霜染的秋天

茅檐下垂着红椒和干菜

那是阿妈的精打细算

院子里挂着瘪瘪的玉米

那是阿爸收获的辛酸

饭桌旁的叹息　田垄上的幽怨

还有时断时续的梦幻

随着那淡淡的炊烟飘远、飘远

袅袅地升起来了

家乡的炊烟

这是一个永远的春天

争俏的楼房村村互通的水泥路

是城是乡令人感叹

田野兴旺绿色生态

文旅融合旅游景点

欢快的乡音

灿烂的笑脸

还有连接世界的网络

伴着袅袅炊烟展开一幅新时代的画卷

# [狂草书]

一撇是黄河，一撇是长江

神韵灵动的中国运笔挥毫

砚墨洗亮五千年的皓月

展盛世长卷，扬民族瑰宝

你写下江南春雨的小楷

你写下塞北飞雪的行草

风一般起舞，潮一般喷涌

如热血泼洒心中的波涛


山峰是魏碑，江河是水墨

万马奔腾的中国疾风狂草

笔下绽放追梦者的欢笑

听春风弹琴，看禾苗舞蹈

你写下气吞日月的诗篇

你写下美娇动人的歌谣

花一样娇艳，火一样激情

让世界的目光向东方聚焦

纸飞神州墨落如潮

狂草的华夏龙吟虎啸

挺如松　婉如水

刚如铁　劲如刀

中国巨笔描绘的江山分外妖娆

# [重逢三连战友]

我托云朵传信

把情怀放逐山河

军旅的磨砺

铸造了我平凡人生的

坚强执着

今天　我旧地重访

今天　我踏云赴约

曾经的焦山　曾经的三连

南疆的弹雨　牛田洋的劳作

峥嵘岁月　记忆难磨

都化成云霞朵朵

你我已从当年的戎装少年

变成两鬓斑驳

心不老　情依旧

难忘三连

滋润我们人生的摇篮

回首　醇酿入怀

那棵见记我少年壮志的老榕树

还在

木棉如火　华盖葳蕤

沉甸甸的情谊啊

正新枝吐绿　摇曳舒舒

# [您曾搀扶着我前行]

——写给杨克定先生八十寿诞

您曾搀扶着我前行

在彩霞绚丽的清晨

在夕阳染红的黄昏

走过风雨走过泥泞

霜雪染白了您的双鬓

岁月消瘦了您的身影

我的甘甜里有您的苦涩

我的欢乐中有您的酸辛

曾经沧海难为水

您对盾之王已臻化境的赤诚

除却巫山不是云

十一年默默奉献的黄牛精神

此刻寿宴正开　秋意浓浓

此刻亲朋云集　烛光含情

八十年的脚步走出你良善品行

八十年的智慧记录你奉献传承


老松仍怀有壮年的心境

夕阳装点着人生的晚晴

我们献上生日的华宴

我们奉上祝福与虔诚


您曾搀扶着我前行

在艰辛创业的途程

从那晓风的杨柳岸

到这霞染的斜阳天

## [打捞流逝的春天]

我像雪泥鸿爪的飞鸿

翩飞在尘世的山峦河谷

我要像挂在崖壁上的吊藤

像躺倒在河底已久的石碑

停下来看看银杏由翠绿到金黄

看羊群缓缓移上山坡

在遗忘的乡间小径

黄昏时悉心翻阅一些诗文

言词朴素,意蕴深远

这些年一直忙忙碌碌

难得停下匆忙的脚步

在人间独行侠似的奔波

只为一季明亮的花开

还未抵达自己理想的远方

我要像一朵无所事事的流云

飘到深山的寺庙

聆听菩提禅音,细读《逍遥游》

从文字的河流中

打捞起一个流逝的春天

……

# [新年，从一首诗中启程]

冬阳灿灿，落雪时分

我在北国伴随新年钟声

从一首诗中启程

寒风中俏立的梅花

正在渲染凛然的氛围

那条事业的林间小径

如何通幽，早已知晓

就像此刻，举目都是银装素裹

正好放牧我洁白的心事

流水将要继续穿过村庄

那些云影，那些春风吹又生的野草

都是衬托，我只需要一炉炭火

烘烤着壮岁的心跳

只要一杯摇曳明月的淡酒

就可以进入欢喜的日常叙事

新年，从一首诗中启程

北往南来，依然两肩风霜

新年，从一首诗中启程

更从容，且更有声有色

## [诗韵的日子]

### 清明节

经杜牧诗化的雨水

不知淋湿了多少人的心情

春暖花开的季节

对已故亲人的深切思恋

与岁月一样疯长


### 端午节

汨罗江水吞没了屈原的生命

卷不走的是《离骚》的余韵

千百年来一个不朽的诗魂

在华夏一代代传承


### 中秋节

从唐诗宋词飘来的月光

总是漂泊在故乡

无论身处何处

游子都带着几分醉意

渐入甜美的梦乡

# [行吟三题]

## 九江琵琶亭

枫叶丹，菊花黄，

是谁送客浔阳江？

西风紧，秋水凉，

琵琶幽咽诉衷肠。

哀婉凄惶拨心弦，

江流回旋落复涨。

江州司马青衫湿，

饱蘸浓墨写华章。

千古不朽《琵琶行》，

江花诗魂伴夕阳。


柳荫浓，蔷薇香，

耕夫重游浔阳江。

桨声远，汽笛嘹，

琵琶亭前沐春光。

大江东去欢歌送，

千年琵琶无忧伤。

江州司马亭前立，

喜泪两行诗千行。

一腔真情永不变，

愿与天地共久长。

### 写给王昭君

大漠行，天皇皇，

孤烟云影伴苍凉。

回头望，泪成行，

故国犹在家何方？

琵琶声，犹断肠，

指落弦上满地伤。


尝遍人间千百味，

看尽世态炎与凉，

不如只身赌一场。

玉指圣前理云鬟，

幸福感伤并蒂放，

风舞黄龙天苍茫。

千古事，难预料，

女人如花谢夕阳，

世人不解琵琶语，

只留青冢望故乡。

## 寄李易安

站在你的溪亭渡口

兰舟上，陪你饮杯闲愁

推窗看你轻移碎步

低吟一曲月满西楼

你的藕荷你的鸥鹭

飞跃千年依然翩飞争渡

你的青梅你的海棠

穿过千年依然绿肥红瘦

你的梧桐你的细雨

慢数过多少夜阑更漏

三杯两盏岂能将伤痛饮够

我的目光轻轻触动

唯恐惊了你的春梦

怕千年相思酿成酒

醉翻长溪流不尽的那些浓愁

# 书法三题（散文诗）

## 兰亭序

在永和九年的风里，你把自己喝醉，无意间拿起鼠须笔，舞着三月三的春风，蘸着满是魏晋的风流墨水，甩落星辰，飞在纸上的《兰亭序》，洇成汉字最美的微笑。

在大唐盛世的梦里，你耸入了云霄，天下第一行书的荣耀，让历史都忘了歇脚。飘在庙堂的《兰亭序》，文学之美是血，形体之美是肉，中和之美是魂，想要和你比肩的人们，用你的一撇一捺，一横一竖，续写王氏之后的风骚。

在许多年以后的云里，你已俨然成圣。朝代变换时，你的肉体虽被封存，但精神还是越过时空活着；汉字简化时，刻在大地上的《兰亭序》，被滚滚后人揽进心坎，以亿万级的数量在民间发酵。永和九年的那场醉，醉过千秋，仍醉看今朝。

## 祭侄稿

　　当你捧起侄儿的头骨，叱咤一生的将军，不再宁静；鼓角争鸣的战场，已经空虚。此时的悲伤，是一湾血疏浚的河流，淌着颜氏家族忠义坚贞的和声。

　　当你写下那篇《祭侄稿》，结晶的黄土如落叶，带走了轰轰烈烈的波涛。暮年的黄昏里，一个王朝负重前行的影子缓缓移动。你如一只蹁跹的蝴蝶，把思念涂在翅膀上，沿着侄儿守望的方向继续飞翔。

　　当你的《祭侄稿》成为天下第二行书，这个隐在褪了色的宣纸上的故事，在我看不见的昨天开始缥缈。也许世间有一种怀念让人心碎，那就是用往事炖酒，在醇香袭来的一刹那，捧着离愁，看墨色染红无限江山。

　　如今，越过千年去看你，所谓的神来之笔，不过是一腔热血，被山河连成了弧线，被时光垒成了高原。这时的你我，一头扎进手稿，身后只留下一页晃动的"安史之乱"和一支泣血颤动的羊毛笔，把忠义伸向天空，璀璨地燃烧。

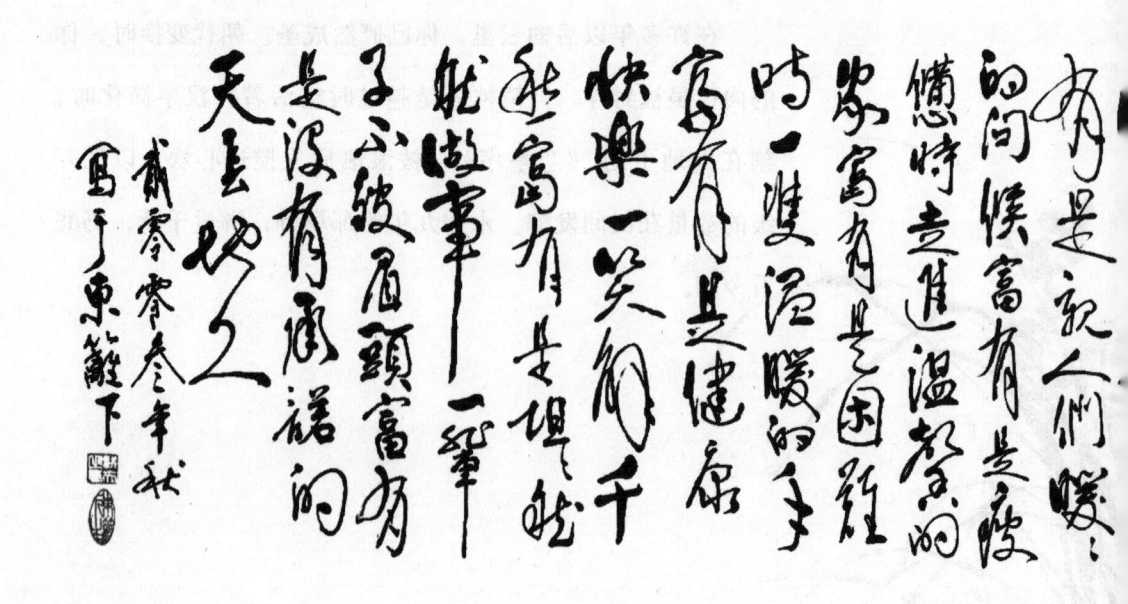

## 黄州寒食帖

　　这场春雨湿了整个天空，抚着海棠的叶，满地泥泞已化作昙花，如同影子在茅屋前独行。你追向春天的样子，多像父亲的嘱托和母亲的叮咛。

　　这次春梦凉了广袤苍穹，握过诗词的豪放的手，似乎变得坚硬。麦田里的苍生，土壤里的生命，一同走进你的梦境，等待着两首待溢出绕梁的箫声。

　　这片春色醉了荆楚之风，轻声倾诉的心语，把自己调匀磨碎的心境，一笔踏着浮云的潇洒，一画捧着落日的厚重，为那留白处的一处雪景，隆起《兰亭序》《祭侄稿》之后的第三座高峰。

　　这道春景亮了芸芸众生，宋朝给你的那盏飘浮的灯笼，你用意象和意境伴它长明。现在，绕过春天去读你，一个把悲悯揉进线条的人，让黄州在墨香里永生，让寒食在墨迹里永恒。

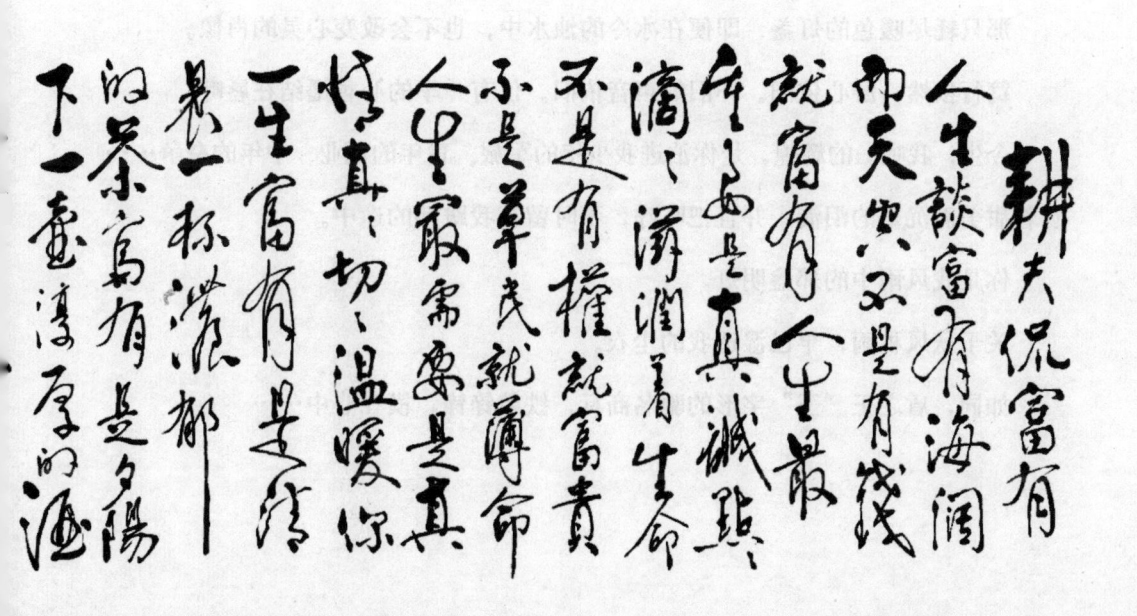

## [灯盏，在秋天摇曳（散文诗）]

久违的三角梅，在盾之王静静地灿烂着。

明天，定会有场秋雨，连绵不绝；兴许还会有场雾霭，朦胧悱恻。

总也来不及，把你霜染的林梢看个仔细。一棵树，一直站在仲秋，风，定格了秋的秩序。

天空还未湛蓝。

在你特别需要温柔的时候，谁来证明，这惊心的孤独与从容？

经历了半生的苦争，我知道窜入室内的风，它有多猛，多凶。

我是个蹩脚的诗者。一支出弦的箭，穿越乱石的围缠，溅起，跌下，搅乱方寸之念。

不知多少个月下，潮汐微尘不染；不知多少次雪潮，摇响八方呼唤。

那只耗尽暖色的灯盏，即便在冰冷的浊水中，也不会改变心灵的肖像。

笃行依然，游心依旧。怀旧的声音依旧。仅有一季的心香蟠结在唇畔。

今生，我唯一的辉煌，是你泊进我少年的军旅、青年的创业、中年的奋争……吻着甜美而沉重的泪滴，并且把叮咛，不时留在我跋涉的途中。

你是我风雨中的那盏明灯。

关于秋风秋雨，早已湿透我的尘衣。

如同，盾之王"王"字形的驰名商标，铁戟铮铮，横在心中……

撷韵白云间

「诗友雅唱」

## [燕归梁·寿耕夫兄]

#### 郑云天

佳树参差绕画堂,恰宏图在望。山清水秀好时光,更何况,幽兰香。

满座高朋,频倾寿酒,诗意转流觞。金樽作赋意开张,庆欢会,祝绵长。

## [一剪梅·贺耕夫先生五七初度]

#### 张德福

今日阳光分外浓,柳绿桃红,簇簇丛丛。文坛商海自从容,宽阔心胸,志趣宏通。

秀若兰心劲若松,场上恢宏,笔下和融。愿君文采更无穷,化雨春风,七色霓虹。

## [七绝·读东篱下主(耕夫)诗文]

#### 王端诚

渐生白露起葭思,芝宇陈论梦举卮。

回望秋来花谢去,东篱却绽傲霜枝。

## [鹧鸪天·步韵周公耕夫先生]

### 吴晓斌

漫步濂溪幸遇师,调平转仄共研之。黛山翠色融于墨,东海长波叠作诗。

虽逾处,不违时,常闻喜鹊唱高枝。尖端铸盾能攻守,兴至挥毫续壮辞。

## [水调歌头·赠周兄厚勇]

### 陈仁德

犹记璧河畔,一笑识周郎。高谈今古风韵,豪气自堂堂。夜半春灯明灭,长啸唾壶敲缺,角胜醉千觞。转瞬十年过,照影发苍苍。

地之灵、人之杰、盾之王[①]。宏图肇始,财运何止达三江。仍是书生襟抱,一任诗情萦绕,翰墨映晴窗。旧事重提起,新著待商量。

注:厚勇所创公司名曰"盾之王",经营防弹、防护类产品的研发等。是日议及出版拙著。

2019 年 7 月 6 日

拜读张德福、周厚勇二位老师鹧鸪天，羡文华之美，愿拜师二君门下为徒，依韵忝和。

## [鹧鸪天·师]

罗英才

读罢华章敬老师，程门立雪我当之。书山苦习苏辛曲，韵海勤攻李杜诗。

鸦翅短，燕毛稀，梧桐脚下仰高枝。余生奋志探平仄，欲拜先生君莫辞。

2022 年 7 月 30 日

## [一剪梅·贺耕夫生日]

邹世鸿

今岁生期景不同，绿送青葱，树赠花红。亲朋好友贺词工，贺语托风，情意呈兄。

万里奔波事业雄，势若飞龙，文利双丰。只待骄阳挂半空，险路无踪，人站高峰。

## [一剪梅·和贺耕夫《五七初度》]

### 老 牛

商海遨游搏浪峰，直面重重，敢藐汹汹。一株嘉木九霄中，色比丹枫，挺若青松。

志在鸿鹄路路通。任雨凭风，安驭云空。文心正茂势如虹，君仰坡翁，余羡周公。

## [盾之王礼赞]

### 李 唐

眼观前路焕康庄，回眸科研正变强。

而立笑容多灿烂，成功大步独张扬。

春回芳草自然绿，时到梅花依旧香。

难得征途终变局，同心共建敢称王。

# [周园行七绝十韵并序]

## 张德福

东篱下主者，耕夫先生也，私下我以"厚勇"直呼贵名号也。其年富力强，精于铸"盾"，奔波于事业，报效于家国。且忙中见缝插针，写诗、填词、著文、度曲、临池，力追先贤，笔走龙蛇，洋洋洒洒，已蔚为大观也。

长膺两会，不遗余力，提携后昆，春华秋实，为乡梓一增亮色也。

余寄迹春申已五载矣，身任家庭煮夫。寒暑返璧，承邀数度忝列于鸿儒行中，流连会聚于周园内外，座中酒浮新绿，庭前花吐浅红，交流谈燕，克识领博雅之趣也。尤喜其诗词之格高韵永，更通贯神理焉。蒙叨陪末座，注神聆听，如醍醐灌我顶，如此感觉，不亦说乎！

厚勇麾下，诗侣词俦，群贤毕至，少长咸集，鱼鱼雅雅，皆为襟怀尔我，肝胆乾坤，勤力修为，以己之情志附丽于景物，诉诸文字而奋然前行者也。

余尝借势静以思之，时逐兴起，遂思循律辙，凑成十韵，不揣浅陋而晒出，尚乞方家不吝正之。平川侠客张德福吮笔。

### 一

兴高岁岁识周园，煮酒论诗避杂喧。
追句径幽擒得处，开枝散叶缀花繁。

### 二

荷塘映日吐芳馨，瓣落如船载绿萍。
拈韵接龙何句续，飞来款款几蜻蜓。

## 三

战士还乡虽卸盔，观天侧耳听风雷。

鞘鸣利剑寒光闪，盾铸坚强不可摧。

## 四

从军豪气薄云天，解甲归来事砚田。

固守初心思报国，铁衣助友勒燕然。

## 五

罩上金钟御敌戈，当年壮志未消磨。

书藏万卷笺孙武，趋步东篱雅事多。

## 六

不空酒瓮客如云，四季中庭尽染芬。

广结文缘牛耳执，士林今说孟尝君。

## 七

此行乐似醉翁亭，欣赏江山馥郁青。

兴起踏歌犹未止，诗成已问两三瓶。

## 八

融融泄泄聚一堂,履平碾仄响铿锵。

白驹突兀门前过,尽兴归途看夕阳。

## 九

氤氲陆羽紫砂盅,展卷神交意气通。

切切嘈嘈归静谧,天地如墨一灯红。

## 十

排签压架赤橙黄,积帙充盈若食粮。

拨冗三更成惯例,周公仍是读书郎。

拜读先生美玉十韵,先生赞誉令我汗颜!赋此遥寄:

情系骚坛一脉牵,笙鸣磬响结诗缘。

同心不怕云遮月,唤取人间好梦圆。

## [厚勇兄邀饮并赐大作敬同原韵志谢]

陈仁德

珍重平生翰墨缘,相酬诗酒自年年。

早无功业千秋计,剩有家山一念牵。

鬓影已成今日老,月轮犹似旧时圆。

此身久在红尘里,哪得飘然去学仙。

2022年10月10日

## [参观重庆盾之王公司兼酬耕夫周厚勇兄]

左泽亮

藏德敏行称厚勇,三巴子弟总峥嵘。

从军岭海驱双驳,卸甲璧山仍一兵。

炉煅盾王期许国,歌吟风雅守先声。

中华若有敌来犯,应许耕夫杀气横。

# 一春诗有债　万里客无家 (后记)
## ——传统诗词浅识

　　诗词创作的人数众多，但绝大多数人既无传统的功力和修养，也缺乏对传统的了解和敬畏。我认为，现代诗词创作基本是脱离传统的自娱自乐。有些人以当代诗词创作人数众多来证明诗词艺术复兴的光明前景，殊不知脱离了传统，创作的人越多，这门艺术的伤害越大。这样说可能很多人难以接受，然而试想，古典诗词至今仍有许多国人喜爱，正是因为其基于身后传统的艺术魅力。今天有许多创作者，正是在这一方面消费传统，一方面却在破坏传统。在后人看我们这一代人的诗词创作，还会像我们看待前人一样充满敬意吗？毫无疑问，待我们把传统消费完了，这门古老的艺术也就消亡了。

### 一、诗词源流

　　华夏民族有深厚而悠久的诗的传统，现存最早的诗可以追溯到史前时代。公认的诗歌两大源头：《诗经》和《楚辞》产生于春秋战国时期的思想轴心时代。这是一个世界上各大文明都产生了旷世经典的伟大时期，对后来的世界文明史发挥了至关重要的影响。中国的这两大诗歌源头也为古典诗歌传统奠定了坚实的基础。后世的诗歌很多方面都可以追溯到这两大源头。比如现实主义表现手法可以追溯到《诗经》，浪漫主义表现手法可以追溯到《楚辞》；诗经体发展为后来的五言诗，楚辞体发展为后来的七言诗等等。传统的诗论即所谓的"六诗"（风、雅、颂、赋、比、兴），也主要发源于此。

　　古典诗歌起源于民间，《诗经》和《楚辞》都以民歌为基础，在成为经典的过程中，有文人参与的二度创作。因此可以说，中国古典诗歌一开始就是文人与民间相结合的产物，也即"雅"和"俗"相结合的产物。这就保证了它既源于生活，同时又能在文人的参与下保持雅训的品格和理论化的艺术自觉。

在后世的发展中，诗歌在形式、手法和风格上都发生过许多次变化。就其大而言，汉代一方面继承弘扬了《楚辞》的传统，把"赋"这种特殊的诗歌形式发展到极致。另一方面，完成从乐府杂言到五言诗的转化。六朝人借鉴汉赋的词采和铺张手法，同时在音韵声律研究的基础上，发展出格言律诗，从而为唐代诗歌的空前繁荣奠定了基础。唐代诗歌在繁荣发展的同时，由民间和文人的互动，以及对外文化的交流，催生出一种新的诗歌形式——词。宋词的兴盛，与社会的商业化发展有密不可分的关系。同时，商业化的社会又促进了舞台表演艺术的繁荣，从而又催生出另一种新的诗歌形式——曲。至此，古典诗歌的体系已大体完备，形成了一个品种多样、风格各异、功用不同的古典诗歌大家族。

这是简单的数千年的古典诗歌发展史。这期间，影响诗歌发展的因素很多，有政治的，有经济的，有民风民俗的，也有战争和民族融合导致人口大规模流动的，这些复杂因素的此消彼长，激荡融汇，最终形成中国古典诗词博大精深、包容万象的深厚传统。

由此，我有以下几点基本认识：

首先，古典诗词百川汇流，盈科后进，成为一条包容万有的长河。在数千年的发展中，古典诗歌孕育出来品类繁多的艺术形式。诗是它的总名称，其下又可以分出诗、赋、词、曲四大板块，各个板块之下又可分出更具体的类别。比如诗分古体诗和近体诗（格律诗）两大板块；古体诗又分为以四言短句为主的诗经体，以杂言长句为主的离骚体、乐府杂言、五言古风、七言古风、柏梁体、合律歌行体等种种类型。近体诗又分为绝句、律诗、排律等，各类又有五七言的区别。词、曲的分类就更多了，每个词牌、曲牌都有自己的来历、风格，也就是自己的小传统。

这些不同形式的类别，各有其特殊的历史和社会背景，故而也与一定的风格指向联系在一起。即如每句字数的多寡这种最表面化的形式，都与诗的风格有相当的关系。李白曾说："寄兴深微，五言不如四言，七言又其靡也。"刘熙载说："论古近体诗，参用陆机《文赋》，曰：绝'博约而温润'，律'顿挫而清壮'，五古'平彻而闲雅'，七古'炜煜而谲诳'。（《艺概·诗概》）至于词、曲的各种词牌、曲牌，更有声情风格上的不同。由于词是合乐的，词牌的声情要与乐器相匹配，其中用韵的平仄抑扬，以及韵位的奇偶、韵脚的疏密，都与声情格调密切相关。龙榆生说："每一个曲调的高低抑扬的音节，必须和作者表述的思想情感相应，而在声韵组织上要取得和谐拗怒的矛盾统一。"（《词曲概论》）

前人给我们留下如此丰富的诗歌形式，无疑是今人的幸运。我们今天创作古典诗词，在形式上有很大的选择余地。我们应该对各种体裁的性质、规定、风格等有相当的了解，然后根据需要选取相应的体裁形式，才能达到最佳的艺术效果。而今天创作古典诗词的许多人，对古典诗词的体裁分工不甚了解，随心所欲。比如有些人作"七律"，既不讲平仄，又不讲对仗。你给他指出来，他说你就当成古风好了，他不知道各种体裁都有自己独特的要求。古风的古雅朴质、峻宕拗怒是一种很高的境界，不是西装做坏了改成马甲。

其次，古典诗歌形式的演变，有一条重要的规律，即今不废古，后不蔑前。历史的时空不断变换，社会的政治、经济、文化背景时时不同，新的艺术形式被不断地创造出来。但原来的形式并未因此而消亡，它们只是增加了诗歌形式的丰富性，让诗歌的百花园不断增加新的品种，变得丰富而已。

朱光潜说："文学史本来不可强分时期，如果一定要分，中国诗的转变只有两个大关键。第一个是乐府五言的兴盛……第二个转变是律诗的兴起。"(《诗论》)值得注意的是,这两次大的转变都不是对以前形式的摒弃和消解,也不是对旧形式加以改造;而是在保留原有形式的基础上又增添了新的形式。比如律诗的兴起,因形式的新颖严密、精致细腻而受到写诗人的追捧。但以前的形式并未因此而遭到摒弃,而是在功能上各有分工。词作为新贵,并不敢蔑视诗,反而自卑以尊前修。诗界的共识是词可以借用诗的成句,这样的例子很多。如李煜的词句"车如流水马如龙",就是借用唐人诗的成句。而诗却不可借用词的成句。同理,曲可以借用诗和词的成句,诗、词则不可借用曲的成句。正因为古典诗歌的发展遵循今不废古,后不蔑前的规律,才使得这个艺术大花园在悠久的历史发展中越来越丰富多彩。

而今,有些人以所谓"与时俱进"为借口,认为古典诗歌应该为现代人服务,不能再遵循古人的那套标准,从而对古典诗歌的形式、规范肆意改篡,把经过千百年沉淀积累形成的成熟优美的艺术形式改得面目全非,还美其名曰创新。这种做法,无疑是在消费传统,其结果只能是在消费的同时消解传统。

诗歌的发展史上每一种新的形式出现,无疑都是创新,都是与时俱进。只是这种创新不是以推倒前人为特征。今天要想创新,也可以创造出一种新的形式。当然,每一种新的形式出现,都有其相应的深刻的社会背景,并且经过长期的积累。今天有这样的背景和积累吗?新的艺术形式的产生,是一个自然而来、水到渠成的过程,不是坐在屋里苦思冥想就能实现的。

最后,古典诗歌的发展是一个雅俗互动的过程。其总趋势用四句话概括,即由俗入雅、由俗返雅、雅俗相济、以雅化俗。

雅和俗的原意并非价值判断,而是指两种不同的传统。雅代表庙堂和精英文化传统,俗则代表民间文化和民风民俗传统。西方社会称为"大传统"和"小传统"。诗歌的产生与发展与这两种传统的交流互动有密不可分的关系。诗这种艺术形式，最初是劳动者在生产生活过程中创造的，但它很早就进入了上层的视野。据文献记载，从周代开始，统治者就非常重视从民间采集诗歌，设有专门的机构，重庆诗人黄兴邦曾著有诗集《乐府采诗官》，并鼓励士大夫献诗，以"观风俗，知得失，自考证"。采集来的诗歌经过文人士大夫删订，于是便有了第一部诗歌总集《诗经》。文人参与的结果是使民间的、大众的原始形态的诗歌逐渐走向整齐划、精致化、技巧化，亦即雅化。前引朱光潜的"两大关键"说，第一次转变乐府五言的兴盛，从"十九首"起到陶潜止，是对形式的整理改造。朱光潜说："他最大的特征是把《诗经》的变化多端的章法、句法和韵法变成整齐一律，把《诗经》的低回往复一唱三叹的音节变成直率平坦。"至于第二次转变，更是一次由俗入雅的飞跃。朱光潜说："这次转变是由'自然艺术'转到'人为艺术'；由不假琢磨到有意刻画。如果说《国风》是民歌的鼎盛期；汉魏是古风的鼎盛期，或者说是民歌的模仿期；晋宋齐梁时代就可以说是'文人诗'正式成立期。"两次转变都充分体现了诗歌"由俗入雅"的成长过程。

文人诗的成立，并非意味着民间诗的消亡，二者沿不同的路径发展，并时有交会。文人的诗在民间传唱，并且在传唱中时有改造。前者可举宋人程大昌著《续演繁露》卷四例子：

唐王之涣与王昌龄、高适饮于旗亭，有俗人唱两词，皆昌龄词也。昌龄夸其同游，遂书壁以记曰："二绝句矣。"之涣指双鬟合唱，曰："脱是吾诗，子等当拜下床。"鬟唱曰："羌笛何须怨杨柳，春风不度玉门关"，涣之词也。涣歜欷二子。

后者可举无名氏改编的王维《渭城曲》唱词："渭城朝雨浥轻尘，更洒遍客舍青青，弄柔凝千缕。更洒遍客舍青青，弄柔凝翠色。更洒遍客舍青青，弄柔凝柳色新。休烦恼，劝君更尽一杯酒，人生会少，富贵功名有定分。休烦恼，劝君更尽一杯酒。旧游如梦，只恐怕西出阳关，眼前无故人。休烦恼，劝君更尽一杯酒，只恐怕西出阳关，眼前无故人。"

方成培《香研居词麈》云："唐人所歌，多五七言绝句，必杂以散声，然后可被之管弦，如《阳关》必以三叠而后成音，此自然之理。后来遂谱其散声，以字句实之，而长短生焉。故词者，所以济近体穷，而上承乐府之变也。"唐宋之后，中国社会经济逐渐繁荣，从而带动市民社会的发展，更多的文学形式被创造出来，诗也不可避免地向市民社会靠拢，词的产生是文人与下层艺人相互结合的产物。故其中不可避免地会羼杂世俗社会的审美口味和生活情趣。这种情形自宋代以后越来越普遍，于是词之后又出现了曲这样更加世俗的文学形式。总之，诗在完成了从民歌向文人诗，亦即由世俗化向雅化的进化之后，又重新返归世俗，这就是"由雅返俗"。

"雅"和"俗"是两个相互对立的概念范畴。在中国诗的传统和建构过程中，二者并非没有冲突，但一般不会形成尖锐对立。在更多时间，二者之间是一种相互补充、相互影响的互济关系。不论是诗由俗入雅还是返雅还俗，都是文人和民间艺人共同创造的结果。早期统治者从民间采诗的传统，以及后来的表演艺术都需要上层文人和民间艺人的合作；历朝历代大量的落第文人、民间塾师、退休官吏等都是精英文化、科层文化和民间文化联系的桥梁。这就是中国诗歌发展史上的"雅俗共济"。

在雅和俗的关系上，有一点是值得注意的，这就是雅文化始终居于引领地位。这与语言有直接关系。中国历史上很早就出现了一种超方言的通用语言，称为"雅言"。荀子云："楚人安楚，越人安越，君子安雅。""雅言"后来进一步发展成"文言"，即书面语言。诗必须成为书面语言才能传之久远。我们今天看到的古代诗歌，包括《诗经》都是经过文人加工改造成为书面形式的，从而形成了雅化传统。为什么写诗、词等必须要过基本的语言关。我自己的创作也为此而苦恼啊！

一种新的形式，最初往往起于民间，在文人未关注之前，其流行和影响的范围有限。其中一个重要的原因是受到方言的限制。只有在文人普遍关注，参与并雅化之后，才能形成蓬勃发展的趋势。白居易、刘禹锡他们"依《忆江南》曲拍为句"便是有意识地模仿民间的曲子词。如《尊前集》所载，白居易26首，刘禹锡38首，还有韦应物、张志和、王建等人的作品。事实表明，从中唐开始，填词的风气已经从民间传播到文人社会里来，文人的大量参与，使得词这种文学形式从口语化的状态进入雅化的书面语言状态，其风格也越来越丰富。

诗歌发展在雅俗共济的过程中，文人和民间艺人相互学习。文人向民间学习新鲜的语言和表达方式；民间艺人则尽量向雅文化靠拢，用以雅化、净化、提纯、精练俗文化。二者形成良性互动的文化生态。宋代以后，文化发展由雅返俗，产生了词、曲、杂剧等新的艺术形式。在此过程中，始终有文人的参与和主导。其中有不少影响深远的代表人物，如宋代的柳永、张炎，元代的关汉卿、马致远、王实甫，明代的汤显祖，清代的李渔等。他们既是文人，又长期生活在社会的下层，和伶人歌伎共同创作。对提升俗文化的品位发展发挥了积极的作用。

**二、功能与品格**

关于诗的特征，古人有很多论述，最著名的当为《虞书》云"诗言志，歌永言，声依永，律和声"。《诗大序》云"诗者，志之所之也。在心为志，发言为诗。情动于心而形于言，言之不足故嗟叹之，嗟叹之不足故咏歌之，咏歌之不足，不知手之舞之，足之蹈之也"。唐初陈子昂提出兴寄说。他在《与东方左史虬修竹篇序》中说："齐、梁间诗，彩丽竞繁，兴寄都绝。"到了白居易，则进一步提出诗要"为时而著"。这些论述经常被人引用,以为诗要为"时事政治"服务。恰恰错了。观现在洋洋大观的老干体、一哄而上的祝贺与节日诗词创作等,能称得上文学意义上创作的寥若晨星。

在这些论述中,有两点是值得注意的。第一,诗和言志的逻辑关系,"言志"是诗的充分条件,而非必要条件,更非充分必要条件。言志的诗固然是值得提倡的,但并非所有的诗都可以引用言志来概括。第二,"言志""兴寄""时事"这些概念之间尚有一定的区别。"言志"是概括而言,根据《诗大序》的阐述,此所谓"志"可理解为"感情"。"兴寄"论及创作的技巧,故其所指,偏向于立意,旨归,主张诗应言之有物。白居易的"时事"说,则是明确主张诗应该反映现实。这与他早期的创作实践是一致的。

以上所举,主要论述诗的性质,而非功能。二者之间还有一定差别。孔子的"兴观群怨"说,可以说是诗歌功能的最好表达,他说"小子何莫学夫诗?诗,可以兴,可以观,可以群,可以怨。迩之事父,远之事君;多识于鸟兽草木之名"。(《论语·阳货篇》)我认为,孔子的这些论述,和以上的说法不同之处在于,"言志"说是从主观的角度立论,而孔子则是从客观的角度对诗的功能进行阐释。孔子的"兴观群怨"说有这三层的含义。

第一,论的情感属性。其中的"兴""群""怨"都须建立在感情的基础上,关于"兴"的含义,孔安国注为"引譬连类",朱熹注为"感发志意",其中就包含"言志属情"的含义。诗要能触发人的联想,牵动人的感情,使之举一反三,感育教化。"群"当然是以情动人,属情连类。孔安国注为"群居相切磋",朱熹注为"和而不流",无疑都是人类感情的交流。至于"怨"更是基于感情的迸发。孔子是主张恩怨是非分明的,反对不讲是非的一团和气,故他说"匿怨而友其人,左丘明耻之,丘亦耻之"。孔安国注:"怨,刺上政也。"诗人怀着爱憎分明的情感和忧国忧民的真挚情怀，直率地表达对现实的不满。"刺上政"一直是古典诗歌的优良传统，也是其活力的源泉之一。

现在写媚诗的作者，若抛弃文人的这一风骨应感羞愧。

第二，诗的认识功能。所谓"观"即是说诗是人们认识事物的客观方式和渠道。其中包括人对自然界的认识，统治者对民风民俗和民众的诉求认识等等。郑玄注"观风俗之盛衰"，朱熹注为"参考得失"乃就诗制度而言。其实观的含义不止于此，实际要宽泛得多，比如孔子说的"多识鸟兽虫鱼之名"就是指人对自然的认识。

——怨而不怒。诗表达怨怒的情绪总是遵守一个度，不能也不应该做过激的表达。举唐代诗人罗隐《黄河》为例："莫把阿胶向此倾，此中天意固难明。解通银汉应须曲，才出昆仑便不清。高祖誓功衣带小，仙人占斗客槎轻。三千年后知谁在？何必劳君报太平！"

罗隐科考屡次落第，心中愤懑不平，乃作此诗得以泄其愤。诗的情绪是激切的，然而词语仍然很优雅含蓄，绝无粗俗棘耳的言辞。诗的对仗工稳贴切，韵调铿锵跌宕，读来余味隽永。

——哀而不伤。如刘长卿《长门怨》句子："月移深殿早，春向后宫迟"；白居易《后宫词》句子："红颜未老恩先断，斜倚熏笼坐到明"，都是典型例子。

——谑而不虐。戏谑而不致虐害。看李商隐《龙池》句子："夜半宴归宫漏永，薛王沉醉寿王醒"，谓为"微婉显晦，尽而不污"。这是古典诗词的特点，也是它应有的品格。

第三，诗的价值。孔子所说的"兴观群怨"都包含有社会价值的意涵。孔子认为，诗是教化的工具，即所谓"诗教"。"上以风化下，下以风刺上。"诗在统治者和被统治者之间起到纽带桥梁作用。故孔子又说："迩之事父，远之事君"，因为诗和礼是一致的,"兴于诗,立于礼,成于乐"。故诗中有事父事君之道,即处理父子君臣和各种社会关系的方法。

诗歌的功能决定了它的品格。《礼记·经解》云:"孔子曰:'入其国,其教可知也。其为人也,温柔敦厚,诗教也……其为人也,温柔敦厚而不愚,则深于诗教也。'"温柔敦厚是古典诗歌的品格基调,我认为,有两层意思。

一是从社会功能上讲,诗用以敦人伦,成教化。首先,诗人应具有敦厚之心,仁善之德,这是诗的出发点,也是对诗人人品和作诗本意的要求。杜甫在茅屋为秋风所破,茅草被顽童抢去,失去栖身之所时,想的仍然是"安得广厦千万间,大庇天下寒士俱欢颜",这是怎样一种宽厚博大的胸怀!诗的根本意义在"讽谏",故不局限于具体的事情。诗有时涉及具体的事,也是为了借以阐明普遍的道理。如果不能彰显言外之意,味外之旨,那就全是落了谘,这样的诗品格不高。白居易说:"仆志在兼济,行在独善。奉而始终之则为道,言而发明之则为诗。谓之讽谕诗,兼济之志也;谓之闲适诗,独善之义也。"(《与元九书》)刘熙载评之云:"余谓诗莫贵亚于知道,观香山之言,可见其或出或处,道无不在。"(《艺概诗概》)

二是从语言和品格来讲,诗应有温润和柔的辞气。诗的语言温和、醇厚、优雅、美妙,不为过激、刻薄、粗俗、棘耳之语。太史公曰:"《国风》好色而不淫,《小雅》怨诽而不乱。"《左氏传》曰:"《春秋》之称,微而显,志而悔,婉而成章,尽而不污。此诗与春秋纪事之妙也。"(《诚斋诗话》)

由语言而延伸为诗的品格,即乐而不淫,怨而不怒,哀而不伤,谑而不虐。

——乐而不淫。历代论诗者,多以"三百篇"为楷范,《论语·为政》:"《诗》三百,一言以蔽之曰:思无邪。"杨诚斋举宋晏小山词的例子:"落花人独立,微雨燕双飞",谓其"好色而不淫"。其实古诗词中这类例子是不胜枚举的。

以上数端，都可以归结一点，即含蓄。诗应该是含蓄的，有言外之意，味外之旨，言有尽而意无穷；一览无余，意随言尽，便不是好诗。朱光潜认为："诗"与"隐语""谐语"有密切关系。他说："隐语由神秘的预言变为一般人的娱乐之后，就变成一种谐。它与谐的不同只在做重点，谐偏重人事的嘲笑，隐则偏重文字的游戏。"（《诗论》）有人把诗看作一种文字游戏，从这一点也不无道理。本来文学创作就离不开文字游戏的。含蓄是人类精神活动丰富多彩的表现。即使在俗文化里含蓄也要比直白高一个层次。比如民间推崇的"骂人骂出花样""骂人不带脏字"，就是一种含蓄在生活中的运用表达。

诗在于启发读者自悟，不必把话直白说尽，这一点与参禅相似。故严羽说："大抵禅道唯此妙悟，诗道亦在妙悟。"（《沧浪诗语·诗辩》）

所谓"诗教"，指的是"教化"，而非"教育"。二者是有区别的。后者属于人的基本义务和权利，其方法可以直接诉诸正面说教，而前者往往通过营造一种氛围，去影响人的情绪、性格、情操和观念。故教化的影响效果是间接的、长期的、潜移默化的。欲达此目的，诗必须具有引人入胜的特质。故诗要有趣味。朱光潜说："要产生诗的境界，所'见'所须具的第二个条件是所见意象必恰能表现一种情趣。"（《诗论》）不论是写景、抒怀或析理，均应以"有趣味"为追求。亦即当代诗家张德福所言："有嚼头。"故好诗中须有三趣：情趣、理趣、景趣。因为"意象优美，自成一种情趣"（朱光潜语）。即如谐语与隐语，也须以趣味引人入胜。诗本质上是一种文字游戏，故趣味是少不了的。把干巴巴的说教放进诗里，这类诗是无人愿读的，当然也起不到教化的作用。读诗的人在诗中得到趣味，得到美的享受，心情自然愉悦，在这样的氛围中，人的性格渐渐变得温柔敦厚，人与人的关系也更融洽，这就是教化。

诗中之趣，不论是情趣、理趣还是景趣，都是诗人从现实生活中掘发出来的。故诗趣的深浅高下，亦由诗人的襟怀品格决定。朱光潜说："每人所见到的世界都是由他自己所创造的。物的意蕴深浅与人的兴分情趣深浅成正比例，深人所见于物者亦深，浅人所见于物者亦浅。诗人与常人的分别就在此。"（《诗论》）举谢枋得的《花影》为例：

重重叠叠上瑶台，几度呼童扫不开。
刚被太阳收拾去，又为明月送将来。

诗人奇思妙想，竟至于令人打扫花影。难道他不知道花影是扫不掉的么？非也。这正是诗人异于常人的雅人深趣，可贵童心。诗的趣味，也就是诗人的趣味。一个缺乏趣味的人，是写不出趣味横生的诗来的。

诗是从个人角度抒发的真实感受和情绪。有两个要件：一是"个人视角"，一是"真实感受"。这与"全面""完整"或"政治正确"无关。像杜甫的诗被后人誉为"诗史"。但杜诗中描述的"安史之乱"既不全面，也不完整，甚至谈不上"政治正确"。其中如《兵车行》、"三吏"、"三别"等，表现战争中人民所受的苦难，乃至描写政治征兵的残暴，与唐王朝平息叛乱的所谓"正义战争"并不合拍。但诗人笔下真实的社会生活无疑是官修正史宏大叙事的有益补充。如果要求诗人必须站在"正确"的立场上，客观全面地反映社会现实，那么就不可能有文学，也不可能有诗圣杜甫。

20世纪初的"五四"新文化运动，对中国几千年的文学传统是一个巨大冲击。陈独秀、胡适、钱玄同、吴虞等人力倡文学革命。陈独秀在《文学革命论》中提出："吾革命军三大主义，曰推倒雕琢的、阿谀的贵族文学，建设平易的、抒情的国民文学；曰推倒陈腐的、铺张的古典文学，建设新鲜的、立诚的写实文学；曰推倒迂晦的、艰涩的山林文学，建设明了的、通俗的社会文学。"宣言似乎很正确，但他对文学史的认识是非常偏颇的。在概述文学史的时候，除了对《诗经》、《楚辞》、"韩柳元白"以及明清几位白话小说家稍有揄扬之外，对几千年的文学史几乎全盘否定。就连李白、杜甫、苏轼、陆游也未能入其法眼。之所以如此是因为他们反对文学的技巧和形式语言，主张把文学当成革命的工具。试想，诗如果废除了技巧和形式语言，还能剩下什么？

我去江津石院墙（陈独秀晚年寓所和逝世地）拜谒陈独秀纪念馆，馆内陈列的陈独秀创作的绝句、律诗，其技巧娴熟，对仗工稳，用典雅致。他说归说，但创作时也是走的文学艺术路子。陈独秀们提出的新文学的目标尽管诱人，但什么样的文学才是新文学，他们并没有提供一个样本。当时的探索者不乏其人，有一个叫胡怀琛的人，本来对古典诗词有一定研究，受当时文学改良风气的影响，提出"新诗派"的主张。所谓新诗派诗，据其宣言，既不同于旧体诗，也不同于新诗，乃是"以旧体诗之格调，运新诗之精神"，"以明白简洁的文字，写光明磊落之襟怀，唤起优美高尚之感情，养成温和敦厚之风教"。看他是怎么写的：

### 长江黄河

长江长，黄河黄！涛涛汩汩！浩浩荡！来自昆仑山，流入太平洋。灌溉十余省，物产何丰穰。沉浸四千载，文化吐光芒。长江长，黄河黄！我祖国！我故乡！

从他的作品中，我们是否可以看到今天饱受诟病的"老干体"的影子呢？他的创作有一个突出的特点，即强调政治正确，亦即今天人们常说的"正能量"。其作品的题材，皆为宏大叙事，铿锵激越、正义凛然，充满鼓舞人心的力量。但却忽略了一个重要的因素，即作者的个人视角。作品没有个性，也就缺乏艺术感

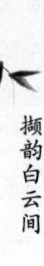

染力。这样的诗是千人一面、千部一腔。作为诗词，显然不能这样写。

### 三、艺术语言

艺术语言，就是艺术形式。写诗的人总是纠结于形式、内容这个现代文艺理论设定的话题，而且总是以"形式为内容服务"为金科玉律，实际上却往往忽视和消弭了形式的意义。换一种说法，诗词创作要登堂入室就必用艺术语言。

艺术的传统主要靠艺术语言来体现。抛弃了艺术语言，就无所谓继承传统。因此，可以说，诗词的艺术语言是该艺术安身立命的根本。戏剧表演艺术的"唱念做打"，音乐艺术的音律、节奏，舞蹈艺术的形体动作，相声表演艺术的"说学逗唱"，都是它们的艺术语言。可以想见，失去这些艺术语言，对于这些艺术意味着什么？

艺术分为两种类型：形式畸重和内容畸重。像音乐、舞蹈、美术、书法、杂技等门类，属于形式畸重类型。这一类型艺术，艺术语言是入门的门槛，因而较能得到理解和重视，而其内容则相对较弱。另一类如文学、戏剧、电影等，往往内容重于形式，属于内容畸重类型。而在这一类艺术中，艺术语言上有相当的技术门槛，如电影和戏剧。在传统的戏剧中，唱腔、身段比故事更重要。有些名家的戏，观众看了无数遍，还是百看不厌，显然不是为了听故事，而是为了听唱腔，看其唱念做打。技术门槛最低而又内容畸重首推文学，包括古典诗词。有人认为，但凡识几个字，拿得起笔，就能写文章，就能写诗，写小说散文。只要内容是正确的，有价值的符合需要的，一切形式皆可以忽略不计。新时期以来，书法尚能一直强调继承传统，古典诗词不过是在消费传统。因此创作古典诗词，我们必须要重温古典诗词的艺术语言。多读、多悟，把厚书读薄，变成自己肚子里的"储存"，语言灵动隽永是古典诗词创作必须翻越的"山峦"，特别是致力于这一创作的作者。包括笔者在内也是蹒跚前行，在创作实践中，不断地在传统诗词的深井里吸收养分，丰富内涵。

## 四、创作

只有跨越时代的作品，没有跨越时代的作家。任何一个天才作家都无法超越自己的时代，何况一般作者。

诗词创作应写自己熟悉的生活，写自己感悟较深的事物。诗词写什么，有人说"友谊、爱情与山川"是诗词创作的主题材，这里还应包含亲情等。无论写什么题材，都只是作者借以抒发思想情感的"托"。阐释的道理还是作者对社会人生的认知。写自己熟悉的生活更易把握，创作切忌跟风从众，力求彰显个性化独立的思辨。"节日诗""活动诗"等千篇一律，口号、媚俗泛滥，难出精彩之作。不属于真正文学意义上的创作。

童年，是每个人人生记忆的起点，我们这一代人，只要在农村长大的孩子，特别是男孩子，每逢夏季去田头塘边捉跳蛙的经历都应该有。（当然，这只是童趣之一），我写这类童年记是用绝句描述的：

**忆儿时璧南铜瓦村池塘**

风自悠悠日自斜，一池青草乱开花。

顽童不惧旁人笑，满面污泥捉跳蛙。

另一阕《浣溪沙·童趣》：

年少痴迷豌豆花，戏嗔彩蝶逗枝丫，口称不爽走回家。

天上白云拴白马，房前青架摘南瓜，欢天喜地叫阿妈。

童年乐趣温润心田。记忆铭怀，笔下才爽朗畅达。

写作须带三分侠气，做人要存一点素心。侠气，是诗词作者的风骨。璧山乡贤诗人罗祖炎，在 20 世纪 60 年代被打成"黑五类"，关押、批斗，受尽屈辱而凛凛气节不改。录他一首 1968 年冬创作的古风：

夜宿踏水渡（古风）

一九六八年冬月，被关押，送到乡下劳动改造，宿踏水桥，房主老母近七旬，为我们做晚饭，群众生活苦不堪言，赋之——

雨夜踏水渡，寄宿老妪屋。

塘火映黑墙，黄蒿薇菜糊。

无油更少盐，腹饥难举箸。

我因询问之，老妇悲相诉。

粮油依《纲要》，上下齐吹鼓。

干旱年复年，要报余粮户？

有粮要统购，耕者剩可数。

秋收刚下场，冬无隔夜粟。

更兼《批资》令，限养家禽畜。

房前毁苎麻，屋后砍橘树。

有田不可耕，有力空饿肚。

老妇语未毕，号啕邻墙屋。

又有两婆孙，同奔黄泉路。

夜深人语静，寒鸦鸣空谷。

> 秋水悲声切，竹林长号哭。
>
> 辗转难入梦，愁绪伤心骨。
>
> 奉告当权者，可解民众苦。
>
> 若要察民情，住宿踏水渡。

在那个时代，"红色口号"诗词、媚诗遍地飞，很多读书人、文化人成了"臭老九"，受到极不公正的对待，特别是精神上受尽摧残。罗先生用有气节的笔，饱含悲悯情怀而独发浩歌，这样的文人风骨是值得尊崇的。罗祖炎先生写的就是身边事、熟悉的生活，而抒发的是"心中的块垒"。

诗意之美，美在真情，不精不诚，不足以动人。

创作贵在真诚，诗歌最贴近写作者的面目、性格。诗词都应从生活出发，因为某种情愫的刺激浸润之余，是非写不可而自然流露出来的。那些多年来使我们追读不辍的历代诗词家都经受住了岁月的洗礼，除了文字好、境界深或见解新颖，大抵就是因为我们能捉摸到其文字背后的"真人"。这里的真，不一定指真人真事，没经历过就不准写，而是指性情真。真正美好的诗词，不仅提供给我们思考的乐趣、感情的认同，通过阅读的默契，且可让我们能借他人的杯酒，来浇自己心中的块垒。从诗词家的歌吟中，我们能读到人世的艰难与快乐，管窥某些人生至情的发生与幻灭，从而裨益于自己的文化观察与价值判断。

优质的诗词可跨越时空，作者与读者总是心意相通的。高明的诗词家可将这种心意相通的境界臻于完美，达到内容与形式的高度统一。好诗词应创造一个从普通生活出发，又与生活平行映照的世界。

"文学是我们生活的一部分"，在这个信息爆棚、真情稀缺的年代，文学教养到底可带来什么？前代的文学人大多是文质彬彬的谦谦君子，时至今日，或许该说文学至少能培养我们在社会里做个通情达理、进退有节的人。我认为更弥足珍贵的是，能在阅读中获得沟通与理解的喜悦，甚至还能进一步分享人生中那许许多多刻骨铭心的至情与真理。凡经典的优秀诗词，皆可穿越时空的隧道，成为你最真诚的人生伴侣。毕竟，这个世界并不缺少资讯，缺少的，只是对至情和真理的发现与感动。

登山临书叹观止，欲渡学海愧胜游。

我借一阕《西江月·怡心阁夜课》作为文本的结束语：

帘外潇潇雨叩，灯前可可情闲。低眉柔指页轻翻，字共茶香满卷。

《花间词》谱在手，入眸烟霞纷繁。抛笔已是夜阑珊，枕梦天涯不远。

**初稿壬寅春**

**改稿壬寅秋**